芳洲散文集

李芳洲◎著

中国言实出版社

图书在版编目（CIP）数据

芳洲散文集 / 李芳洲著 . -- 北京：中国言实出版
社，2017.6
ISBN 978-7-5171-2380-4

Ⅰ . ①芳… Ⅱ . ①李… Ⅲ . ①散文集－中国－当代
Ⅳ . ① I267

中国版本图书馆 CIP 数据核字（2017）第 133157 号

责任编辑：史会美
封面题字：张　彪
封面设计：淡晓库

出版发行　中国言实出版社
　　　　　地　　址：北京市朝阳区北苑路 180 号加利大厦 5 号楼 105 室
　　　　　邮　　编：100101
　　　　　编辑部：北京市海淀区北太平庄路甲 1 号
　　　　　邮　　编：100088
　　　　　电　　话：64924853（总编室）　64924716（发行部）
　　　　　网　　址：www.zgyscbs.cn
　　　　　E-mail：zgyscbs@263.net
经　　销　新华书店
印　　刷　北京京华虎彩印刷有限公司
版　　次　2017 年 7 月第 1 版　2017 年 7 月第 1 次印刷
规　　格　880 毫米 ×1230 毫米 1/32　8.5 印张　4 插页
字　　数　200 千字
定　　价　32.00 元　ISBN 978-7-5171-2380-4

不把岁月交给绝望

近几天，李芳洲的座机、手机响个不停，还不断有人来家里敲门。这些人，大多是在高考中失意的学生或他们的家长，需要得到心灵的安抚和心理疏导，重新面对未来。

已逾花甲的盲人李芳洲是一名心理咨询师，退而不休，先后为2000多人做心理咨询、心理辅导、危机干预、心理援助，并致力于捐资助学、医疗救助。

"读书是我的精神食粮，知识浇灌着梦想"

3岁因高烧双目失明，黑暗不幸一直与李芳洲结缘，但她却拥有一个光明的内心世界。

黑暗从来都没有成为她人生旅途的障碍，她在成都盲校读完小学，又踏进成都春熙民中，并取得优异成绩。她说："读书是我的精神食粮，知识浇灌着梦想。"中学刚毕业，遇上"文革"，双目失明的李芳洲不得不把自己关在家里。

强烈的求知欲望，照着她前进的路。其间，她自修了古典文学、西方文学以及音乐，还自学了中医按摩、针灸等，为将来能自食其力做准备。

1978 年底，28 岁的李芳洲在党和政府的关怀下，带领两名盲人青年办起简易按摩医疗诊所。由于技艺精湛，名气日渐大起来，两年多，诊所发展到 4 个门诊点、1 个住院部，先后解决了 14 个盲人和 20 多个明眼人待业青年的就业问题，广受称赞。

1985 年，她又首创西南第一家整形美容院，将原来的按摩、中医治疗扩展为多科室的综合型医院。

"心灵上的病不是药物能治的"

李芳洲在日记中写道："我属于能把一切痛苦化作滋养生命，并使之茁壮成长的人，以至能获得智慧并有勇气做我自己。"但在与众多病人的接触和交谈中，李芳洲发现，有的人，生理上的病好治，心灵上的病却不是药物能治的。

从那时起，李芳洲逐渐萌发了想当诗人和作家的愿望，想以文学为桥梁，走进他人内心，共筑心灵花园。尽管诊所规模越来越大，她也当上了管理上百号员工的医院院长，但她从来没有放弃对文学的追求，抽空写下大量诗歌、散文、小说、随笔等，还让女儿和助手代她将作品贴在新浪博客、QQ 空间和各大网站，先后出版了《灵魂的香味》《玻璃水晶》《情感硬盘》等文学作品集。

2002 年，李芳洲从成都华西协和人民医院院长位置退休了，但在心灵治疗的探索路上不停步履：她多次出席国际性学术交流会，并在国内外刊物发表多篇学术论文，打下扎实的心理疏导功底。她进课堂专修心理学，拜名家，啃书本；在退休的日子里，她像年轻时一样，起早睡晚，一天也不闲着，先后阅读了多部心理辅导、心理干预、心理援助方面的书籍。

"有一片阴影就送去一缕阳光"

历经关爱，更懂得付出关爱。李芳洲虽双目失明、行动不便，心却紧贴着社会，不断地给他人送去一缕缕阳光。

讲道理，教方法，献爱心，连日来，李芳洲除了一日三餐，其余时间都忙于给高考失意者个人或家长做心理疏导和信心培养。高考成绩出来两三天，就已为10多个家庭伸出心理援助之手，送去温暖的阳光。

汶川特大地震给许多亲历者造成心理创伤，李芳洲在家人和助手的协助下，无数次奔走在这些人中间。李芳洲心理援助对象中年龄最小的是个4岁小男孩。孩子父亲说，地震过后，孩子一见到风吹树摇、桌椅晃动，就惊恐大哭，应该怎么办？李芳洲的"药方"是两个字：脱敏。父亲回到家里，按照李芳洲的"药方"，经常带着孩子在游戏中推推小树，摇摇桌凳，教玩结合，让孩子在愉快和欢笑中渐渐远离了对地震晃动的敏感……

可以说，李芳洲本身就是一部心理疏导的活教材。至今，接受她心理疏导的共有2000多名不同年龄、不同职业的心理障碍患者，在为他人排忧解难的同时，也让自己的精神和品格得到升华。李芳洲表示，要把播洒阳光作为毕生的最大追求。

（刘裕国，《人民日报》2015年7月3日6版）

天眼问人心

——读李芳洲散文

天眼一睁，人妖立判；天眼一合，善恶分明。我们无不羡慕《封神榜》中二郎神杨戬的那只天眼，辨人妖，分善恶，降魔卫道。我们每个人也都渴望有一只二郎神那样的天眼，只是我们寻常人的双眼被声色货利所迷惑，心灵蒙上了厚厚的尘垢，自然也开不了天眼。芳洲大姐生而不幸，三岁时就因高烧而双目失明，她的世界从此陷入了黑暗。然而，上帝关上她一扇门的同时，也给她打开了一扇窗。因目未迷于五色，她一直葆有着纯净的心灵。时光移易，她的知识逐渐增长、阅历不断丰富，炼成了她敏感细腻的心思和悲天悯人的情怀。一只犀利的天眼在她的心底悄然睁开。星眸流转，目光是那么清澈，眼神是那么纯净。在这只明净的眼眸里，一切都是那么纯洁，一切都是那么透明，一切呈现出本来应该的面目。芳洲大姐正是用这样一只真诚明净天眼来观照我们的现实世界，于是，一切善与恶、美与丑、诚实与虚伪、纯洁与肮脏、高尚与猥琐……都清晰地呈现出来。

李大姐经历曲折，阅历丰富，"罗万象于胸臆"，然后"剖世态于毫端"。她把生活的第一手资料打碎、回炉，炼成一篇篇精美的散文作品，呈现在读者面前。在李大姐清纯明净的天眼烛照下，人世间的是非善恶，俊美妍媸，纤毫毕现，无所遁形。读李大姐的散文就是读人情世故，就是赏人间百态，就是品百味人生，就是受一次心灵的震荡，就是受一回灵魂的洗涤。

我与芳洲大姐相遇于知更鸟中文网，荧屏相交，帖子往来，虽也通过两三次电话，但一直未能谋面。大姐诗歌、散文、小说，众体兼擅，尤以散文给我印象最深。她的散文作品真实质朴，"外枯而中膏，味淡而实腴"是她作品的特点。她的很多作品就直接取材于她做心理咨询时获得的典型案例，或不加雕饰叙其事，或就一事而发议论，机锋所指，皆在世道人心。大姐叙事波澜不惊，造语平实质朴，初读之时，略觉寡淡；回味之后，稍感苦涩；含英咀华，则有"余香满口"，顿悟字字千钧，启人深思，发人深省。

芳洲大姐于散文即将结集出版前，让我写一篇推荐文章，欣喜之至。故不揣浅陋，欣然受命。

砚田客　敬撰

2017 年 5 月 20 日

CONTENTS
目录

/感动与感慨/

一

秋阳下，阿姨清扫露台的落英，我随意捡起两片余香犹存的花瓣，放上论坛，与各位一同分享。哦！这可是秋天里的情书哦！不知天涯友人会否有我一样的感动……总有些话、有些事儿，会戳中你我的心事，且让我拈上一两撮呈现给大家。

深夜一则小故事跃入我视野——不愿用桥段二字亵渎三年级小儿女的澄澈，故事是这样说的：

"他总喜欢望着留着长发穿裙子的她。

"二人或同座，或前后排。他喜欢听她说话，她喜欢看他写字。

"老师，家长都看在眼里，可谁也没说破。

"一次女孩感冒咳嗽，他眼神专注地看着她，表情复杂而紧张。

"老师问：'是她咳嗽，让你难受，影响你听课了吗？'

"'不，不是。是我看她咳得好辛苦，不知怎么帮她。'男童说。

"老师羞愧地想：'我们何以总用成人世界的污秽，来玷辱小孩的友谊？'

"不久小女孩说：'我们要走了，来我家玩玩吧……'

"'你不上学了？要到哪里去？'

"'加拿大，爸爸说我们的移民签证已经下来了。'

"于是男童本能地搜索了一大堆加拿大的资料，还买了些介绍加拿大的书给女孩看。

"接下来，俩孩子玩着、笑着、读着、吃着，愉快了一整天，宛如童话王国里的天使和仙子，唯有懵懂和似乎。

"妈妈问：'儿子，你会想念她吗？'男孩天真地摇摇头，又点点头。

"周末放学，男孩手指做 OK 状，举起来大声喊：'爸爸，爸爸快看啊！那是她的！她的……'爸爸走到儿子身边，方才看清他的指尖捏着三缕长发。

"爸爸问：'哪来的？'

"'我们做大扫除时我从她坐过的椅子缝里抽出来的。'说完抱着父亲的腰放声大哭……"

好一棵爱的蓓蕾，圣洁隽永，冰雪水晶！我读到这里，不仅睡意全消，还恍惚时空错乱，误以为无意中追上了错过了很久的火车。不必想有没有延展，以后的偶遇、相互难忘地找寻、世俗地对比选择，那袖珍版、微缩版的花园，是否能质感逼真地精华灵秀在一个纬度……暂且允许我借用圣伤一词，把这一段标注。

二

《成都商报》报道：有位研究生，为寻找一年前同在教练车邂逅的女神，便印了三千份传单，到川大一分校散发……找记忆中的美好相思，找不能释怀的情山，用这样的行为艺术，将心头、眉头的重压放下。

尽管不新鲜、不莽撞、不庸俗、不刺激、不浪漫、不怪诞……对方接受不接受都在也许间。这就叫青春！敢爱敢恨，用行动力宣誓，不必像烦恼的维特那样没出息。

结果是什么并不重要，做了，为了给自己一个交代、一个安慰、一个证明。使情感有风度，妥帖地安放，不至于总在吟唱《几度夕阳红》或《我心依旧》。

即使等不来那个她，与之相守春夏秋冬，又何妨？遥想我们当年。可有过这样的作为？有多少摧不毁的骄傲、踩不碎的梦、不肯败给生活的情，不也化作泥土，但香如故了吗？

我们是否"hold"住了现实，敢为人生投一次票？是谁剥夺了我们为心爱的同桌盘起长发的勇气？把表白永远压在心底，使其成为到不了的迟到！

谁用缰绳绑架了你去追逐海市蜃楼，忽略了艺术生活的温度？那连接现实与未来的桥梁，怎的就掉了链子？让简单变繁复——以丑为美？

人生转眼如秋，所以我感动金童玉女的洁白无瑕。至于研究生勇敢如骑士的爱，只要出自本心，而非撩妹子，表达了，即使不成功，有一段浪漫的洪流可追忆，未尝不是一种幸福。

　　既然幸福和痛苦都那么多，莫如使其来去都精彩，色泽都斑斓吧！我们国民文化的中轴线是爱情还是金钱？两则故事不由让我有"啊"一声的冲动：原来真爱也会从典藏光阴的绝版缝隙里露出一角——哪怕只是偶尔，呵呵！

/ 刻骨铭心也是鼓励 /

在生死病愁，疲劳兴奋穿插的不经意中。生活会刻下无数烙印，无论现状的真实，缥缈的虚无，都需要带血地活着，理智与冲动以后，方能得到人性的支持。

已经差不多过去半个世纪了，我也同陈坤一样，被一次刻骨铭心冷漠的眼神杀伤过；尽管在后来的成长成熟中，血迹已干，恨意全消，基本上做得到：用喜欢去包容接纳来者不善的刻薄与恶妒……然而，那愈合的刀疤，还是一低头便会看得到、摸得到。

陈坤是因一位大牌明星蔑视的眼神而恨过很多年。而我的一生中，此类事件至少有三。不过是爱恨兼有，为了不让它在折痕里磨损，不得不拿出来说说、晒晒，以便给自己和别人以鼓励。

这第一件事：我十二岁从盲校毕业，妈妈带着我到成都五中、六中申请读书。两所中学的校长，均以没有特教设施婉拒，不过语态都挺亲和，客气中透出薄薄的同情……当我和妈妈到一所民办中学，提出同样请求的时候，却受到一位女校长深深的伤害，她眼神冷漠，态度傲慢，语言刻薄，总之，不温良不厚道……具体说了些什么，已不复记忆，但那情形回忆起来至今还很鲜活，也不知道我和妈妈当时是怎么哭着离开学校的。虽然这次打击与我以后遇到的惊涛骇浪比较，仅是毛毛雨。然而我那时，如鹅黄嫩绿的幼芽，经不起毒日晒、朔风吹，那致命的一击，险些没有使我自杀，因为我太重视受教育，若不能受教育，我宁死！在我幼小的心灵，就明白：一个人不受教育，就等于星辰不能璀璨，只有陨落消失。

也许是执着，也许是初生牛犊不怕虎，也许是老天睁眼。第二年，我终于从有限的人脉中，发现了一个宝贵的机会。事情是这样的：母亲同事的女儿，被学校处分，不愿上学，她父母都拿她没辙，叫我去劝她……经过我努力的游说，劝说，终于使她答应回学校上课，而我在她的讲诉中，获悉她那位严苛的高老师，因出身不好，被整，跳楼自杀，摔断了腿……于是，我就想，也许我的遭遇能打动她。我从作业本上撕下一页，写了一封情辞恳切的求学信，请这位中学生代为转交，信的末尾大概是这样的："高老师，请您发发慈悲收下我，我一定会做个好学生的……"

就这样，我通过了面试，加上小学班主任的努力，我总算如愿，从初二开始插班。

我想，要是没有这段上普通中学的经历，我的人生会苍白很多、单调很多。普通中学不仅教给我知识，还让我学到了许多与明眼人交往应有的竞争、独立、忍耐、坚强和相处之道，懂得了要得到别人的尊重，必须要有实力。所以，我一直是一等优秀学生，用分数与能力，逼退了男生们的顽劣与恶搞。为参与以后的职场厮杀，也为今天的写作，奠定了坚实的基础。当然这样的刻骨铭心是残酷的、痛苦的，在文明进步的今天，但愿这样的刻骨铭心最好少些、再少些！

另外的刻骨铭心是甜蜜的、慈柔的纪念，宛如粉红的莲花包裹着甜杏仁，随岁月发酵，历久弥新，为我的人道情怀，悲悯之心，驻入取之不竭的动力。

我三岁不到就失明，小时候妈妈怕穿短裤短裙的我被粗糙的竹椅擦伤皮肤，每当我走过的时候，她就会用胳膊挡住椅子的棱角，呵护我，牵引我顺利来去，这是第二个刻骨铭心……

在"文革"期间，没有老师敢到我家给我念书讲课，因为我们是被红卫兵抄过家的。妈妈有空，便代替了这个职务，每当她在古文中遇到不认识的字句，便抄下来，在上班的途中，拦下戴眼镜的男士，上前搭讪，同时提出请求，学会后做好记录，回来教我……这应该是第三个刻骨铭心。

时光荏苒，感人的细节，依旧清水潺潺，纤毫毕现，莺啼燕啭，在我的心海。至于不要我做家务，怕我手弄粗了，便不能学习看书之类的事，就不知有多少……爱是天地间不可或缺的阳光、空气，使我在以后的挣扎、煎熬、放弃和坚持的时候，有灵感觉知刹那间的感悟与自省；使我有了永远为别人散发爱的光热和掌灯的能力。愿山间水岸，月夕花晨，到处都有三春晖的刻骨铭心！

/ 别留恋苦难 /

世界上最不受欢迎、没有人预期、定制守候的大概应属苦难了！苦只是味觉问题，而难则伴有灾害变故的成分，所以有些黑云压城，诡异凝重。

然而苦难绝非善类，不会因其不受欢迎、不被需要，就有所收敛。它来时不招呼、不预约、不知会，不会有山雨欲来风满楼的预警，也不会让人有邂逅的惊喜浪漫、兴奋刺激，唯有意外偶逢它时的惊悚、手足无措。无论疾病或哪种灾祸，它有时以空降、突袭、猝不及防的形式出现在你眼前。面对这个骄狂自大、不请自来、挥之不去且又赖着不走的苦难，我们将如之奈何呢？

在经历了起初束手无策的紧张惶恐、不知所措后，又使我们被迫陷入极度的焦灼、受虐、失血性的休克状态，紧接着我们又不得不以精神、生理去为这人祸天为的不幸买单。当它还深情款款地依偎在我们身旁不离不弃，并摇晃着我们命运的时候，怎么办呢？它不是我们的朋友，而是眼泪、叹息、呻吟、愁惨的总和。

如何化敌为友，与它握手言和，和平共处、互道尊重，便是一门高难度的技术和艺术！这里有几项选择：第一个选项是让你前胸后背都紧贴着熊熊燃烧的铜火炉，背上怀里都是刺猬，而你却被告知"你必须这么着睡觉"。第二个选项是与毒蛇或狮、狼跳探戈。第三个选项是降落伞打不开，你却被推出机舱，不由分说你得下去。游戏规则制定了，你玩不玩?

人生常会面临各种极端不可测、不可知的绝境。那苦的孪生兄弟是难，而绝非香气四溢的咖啡！那么你吞咽苦难就必须具备委曲求全、舍生取义，心中有太阳、口中含月亮，智者、勇者、仁者拼命一搏的气魄。

不过苦难是绵长缠绕而黏稠的，你想三两下甩掉它、踢开它，几乎没有可能。唯有意志、能力、才力、抗打击、反脆弱，再加上骆驼的耐性，方能在与之较量中取胜。

苦难中没有全面丰富的营养，用作保健得从杂质太多的苦难中将其提纯。工艺需要大剂量的蒸煮煎熬，之后将有用的能量合剂、维他命分离出来，经健康的心智、胃部消化吸收，使之成为我们蜕变后前进与继续的催化剂。一旦挣脱黏稠缠绕的困厄，超越沉淀稀释分解了的折磨，方可眼前有透亮，清风掠耳，走起来洒脱倜傥。可惜完全能做到这样的人是不多的，不是我们柔弱，而是苦与难太强大！

我认为，那就是无论是在经历拔河博弈的过程，或是已作别它不久、已久，都不要再回首，把已经沉入心底的旧事打捞出来。不要老是抚摸旧伤疤，不要回味旧滋味，不要用成年疮痍作补白的花边，不要……得教明察后，要尽快把它忘了！尤其在吞咽过程中，千万不要掰开磨碎、细品。而是应屏住呼吸，闭目塞听，将其打包成块状，速速吞下，勿让它停留在舌齿间，因为心理生理都难以承受住其冲击力。即使偶尔穿越回去，也要以光速，不能坐牛车，这样才不至于自怜自艾，拔不出自己来。

作为物质半物质的人，要完全超越生理学原理，让思想精神承受住极限，难度是极大的。那曾经试图埋没你的沼泽，是梦魇，不是镶嵌绿化带的高速，切忌重走一次的冲动！希望已毁灭，乃惊心动魄的偶然，不可以常试……

/ 活得如植被 /

一

她一见我，便说："读了你的《狗语说梦》，感觉我自己也成一条狗了……"

"啊？你这是褒还是贬呢？还是提些建设性的意见吧！"我说。

"你可否降一个格调、接点地气？不要太阳春白雪了……"她真切地说。

我综合大家的看法，去掉一个最高分、一个最低分。我们是好朋友，她的意见我还是会认真考虑的。

我偶尔也看看网络写手们那些赚钱的东西，想嗅出、调出大众口味的配方是什么？再看看那些底蕴深厚、直面问题、哲理性很强、使你开悟的作品，看看用一生心血捍卫正义，具有批判性、引导性的名著……

怎么选呢？

假如做个比喻，那些作品有的似癫狂柳絮随风舞，轻薄桃花逐水流；有的似浓重的牡丹，纵然凋零，也不会一地瓜壳；有的似岁寒苍松，或历经亿万年淘洗的活化石银杏……谁是我的榜样？

当下的马斯洛是WiFi密码、充电，城市的人们，一脚油门、一脚刹车，在焦虑、无聊、紧张、空虚里东奔西走，想读什么，我何尝不懂？

我独坐窗下，听着莺燕娇啼，任软风和煦拂面。呆想烧脑后，有些许觉知：年轮自然背扛着少年没有的故事，也就压出了他们稀缺的车辙。选择美的渊深，内涵丰富；还是选择竹叶一样婆娑，喊喊喳喳，自来水一样哗哗作响？又或者选择拥挤的红海，不讲规则的搏杀、撕咬？……

我轻轻地想，自己对生命至上的信仰，那些对心理层面的冲击，不该是物理稳态，拉低自己，使其平庸、仆从性地跟风，也不是我要的。那么自己对情绪、资产的管理又领悟了多少？是否该比那些小朋友们站得高些呢？既然如此，为什么不用阳春白雪占领精神制高点，展望和展示应该与真好，让自己相信，勇者必会赢，坚持才能领到幸福成功的入场券，何必像小野花，挤眉弄眼，白昼挑逗太阳，夜晚亵玩星星。

又想起朋友说起的一首歌，大概叫《新鸳鸯蝴蝶梦》，里面有一句是"爱情两个字，好辛苦！"其实"友谊"这两个字，又何尝不辛苦呢？

遥想古时候，关山迢递，还有不少人艰难跋涉去看望朋友。现在飞机高铁如此便利，还有人专门去看朋友的吗？

二

我想了又想，感叹道："除了熬不住相思苦的恋人，大概不再会有'万水千山总是情'的守候和看望了……"

亲友、熟人可能因出差、旅游或有事相求顺路拜访，一般少有把想念的意愿变成现实行动的。

以前不仅路漫漫其修远兮，江河惊涛凶险兮，高山峻岭挡道兮，相识、相知、相见实属不易！把吃穿外的情感幻象变现的冲动虽难，却有之。如今的人们各个手握 iPad，既像在池中游泳，更像在大海冲浪。虽近，犹远。熟悉，而陌生。

缺乏物理感，当然就只剩下戒备心了。

一个激灵使我猛醒：科学进步是没错的，怪谁都不对。其实宇宙苍天未必在乎我们，只有我们自己不做重复昨日故事的抓沙客，勿让烦恼痛苦封锁出口，补偿该在燕窝羹里面，泡些悦己的开心果。生有涯，知无涯，将爱、工作、玩耍组成的金三角进行到底，活得像植被一样，春红、秋黄、夏燃烧、冬冷寂，一切照自然规律运行。

且看那月季，一开便热烈、奔放、尽兴，便艳压群芳、不让巾帼；那些披肩似的变色茉莉等各种小花，或叽叽喳喳，或耳鬓厮磨，幽会蝴蝶、秋波蜜蜂，生也悠然、死也悠然；再看那鹤立鸡群的凤尾竹，身边没有同类，隔着护栏，只与风、与太阳交流，管它有没有人欣赏，却怡然自得地遵循四季，在气候的大舞台里讨自己的欢心。

假如我们能学习植被，把得不到和失去的视作不该拥有，因之嚼出星是香甜的巧克力，月是赫拉的乳汁，风是爱情两个字好辛苦的诠释，至于太阳嘛……更是喜怒无常的皇帝！面对大自然，风华、白头都泯然一笑，常态的"枝迎南北鸟，叶送往来风"与山水相互注视，把满意、不满意的戳都盖上，等候一个好未来……

读懂植被的豁达，更有定力，不必舍本逐末，为一点小利去仆从平庸。社会的大齿轮总是要有人守护的，居住于时光里的我，从树藤的剪影里知晓长半衰期为何物，适应与迎合不可画等号，莫奈的经典作品也是胡须上挂着冰柱画出来的……一切卓越皆是蝶一样自我折磨而成的，只要吐出来的是莲花，观音们自会赏识……

/ 什么是幸福 /

农耕以后，衣食有了一定的保障，幸福就自然被提上议事日程了。不过不同族群，不同阶层，不同国度，因其文化背景、信仰各异，对幸福的理解也大相径庭。

当然也不是要钟鼓馔玉、满汉全席就幸福。只要没有万古愁要消，又何须五花马千金裘，去换茅台五粮液一醉方休呢？至于出必豪车，住必豪宅，满身名牌，也未必是大众所要的幸福……我正不得要领，不知如何定义幸福，到处乱翻攻略的时候，一次丹麦旅游，随便问及当地人，哪怕是出租司机，都是满脸幸福感，让我获得了宝典。

他们说："高收入，高纳税，高福利，人人均等。政府把税收的70%用于民生，30%用于支付公共财政。教育、医疗、养老、住房几乎人人平等、免费，这叫公平正义。"

我们到超市和水果摊购物，等了半天无人收钱。良久也不见收银员和摊主，正欲放弃购买，来了场及时雨——当地购买者，结束了我们土鳖级的笑话。丹麦人说，他们买东西都是自选自称，自主将钱如数投入箱中——这叫信任。

母亲在店内喝咖啡，或到酒吧与人聊天饮酒。婴儿同车一起放在门外，不担心被人拐卖或偷走。生人熟人间都不担心被出卖、诈骗——这叫安全感。

上班族、上学族，除乘公交、地铁，便有几十万人骑自行车——这叫自由运动与环保。

哦！原来幸福与奢侈无关。

廊桥下躺着碧水，枕上飘着淡紫色的梦。有公平正义、自然、宁静、祥和。谁敢腐败、造假，谁将万劫不复。是丹麦人把幸福理解得太简单，还是我们的幸福太复杂？

朋友们走了，把满腔的愤懑、怨怒、愁烦一桶桶垃圾留给了我——"大乐必易"。用哥白尼重新开启对宇宙认识的方法来理解幸福，会不会抬高了视觉，拓宽了视野，心理上好受些呢？在资本泡沫不断吹起又破灭的现实，不浮躁者能有多少？

当人的基本需求满足尚难，何谈精神需求？屹立绽放的春花，芬芳年华的宝眷，是否也应放在温饱和安全感之后？我们也愿低碳环保，也想简单的幸福，问君如何做得到？朋友说："我无语，不知是丹麦人的幸福太简单，还是我们的幸福太复杂，太浮躁！是非难辨，走，一同去问先贤吧！"

/《廊桥遗梦》观后感/

看了《廊桥遗梦》的电影，感动之余深感艺术魅力的强大，同时也感慨现实与意愿、生活与梦想、世俗与追求、伦理与艺术的无法对接与兼容。

这也许正是给各类艺术家留下用镜头、笔墨、颜料肆意挥洒的空间，让人们有发挥的所在。沉浸到电影的艺术里，就会体察出生活海洋的波涛里，主配角就宛如一只船，也就是女主角说的："情感的磨砺一旦没有责任便会因之失色……"

我想那责任、伦理、传统便是锚与港湾了！不羁的行者还得服从世俗，回归理性。这就是人生，这就是生活！因遗憾而美好，情感的震颤，无药可愈的痛，因为有文化基因的积淀，使留白补白都有色彩、依托，不至清冷到寻寻觅觅。这类的挣扎、痛苦、意外是全人类的共鸣。

还好我善借助艺术的空气，展开想象的翅膀，好好地飞翔。把丰富的情感分解成无数碎片，装在各色作品里，因为三原色可调配成千万情感的颜色，不是吗？艺术是什么？是星霞，是云彩，是日月，是彩虹……可视、可感，却不可触及！

因为四天的永恒才值得玩味半生，如果四十年呢？百年一瞬，因浓缩而漫长，琐碎则会厌烦，做到平衡是很难的。所以我认为，生活磨掉了、锯倒了我们很多很多，生活欠我们太多的债，唯有艺术可以为我们补偿。于是我们消费别人，别人消费我们。

在神秘的心灵花园里，有多少不舍再见的永恒！人性复杂不亚于宇宙，绝不是二元三元那么简单。我个人认为《红楼梦》之所以高于《三国演义》，是因为对人物内心刻画跃升到丰富，不那么高大全，才生动真实感人。曹翁已懂得不可能有人在独自面对喜怒哀乐悲恐惊时，不乱方寸。不能独立打理好"情到深处任孤独"的情绪，所以艺术家才有存在的合理性，那么生命是不是因为遗憾缺失而异彩纷呈？我不知道，但我相信这样的遗憾缺失、痛断肝肠，绝对不至沉鱼落雁、闭月羞花……于是，又留给大家去创新颠覆……

感谢仓颉造字使我们得以排遣心事，直抒胸臆，将流动的瞬间能化作永恒美叹的艺术，以至使人性共鸣的轨迹永无休止地重现……

/ 笑对短板 /

扬长避短说来容易，做来难。当我们面临自己短板的时候，除了愤懑不服，便立即想到的是溃堤管涌似的去堵、补，并在这上面花费大量的时间、金钱。然而想不到，努力的结果，总是收效甚微。用个不恰当的比喻，就像周而复始、年复一年地用麻袋、草捆、土石去堵塞，却不愿从源头上治理……

这样做带给我们的除去失望、遗憾便只有悲叹了。用己之短处比他人之长，必然生出"既生瑜，何生亮"的感慨！事业不如人，家庭不如人，子女不如人，财富、地位不如人，等等。还有劝人的，会说："十指伸出来都有长短。"可是我们心里会不服气地想，那我为什么该是那根短的指头呢？

论身材、长相、学识、出身，我都不差，为什么我不如某某？又或者我很用功，可成绩不行，工作或人际交往总技低一筹……这里我想劝君一句，凡事切莫着急，大器有晚成，果熟有先后。仔细想来，每个人都是一个独立的世界，每人的性格、内心的复杂、人生的起伏，与气候变迁多样性不二。

看似云淡风轻，却蕴含着热带气旋；表面温柔平静的大海转瞬会海啸浪高；向来贤良端厚的慈母，也有雷霆万钧爆发的时候……总之，没有一个人的性格是完美的。既然性格有缺失，必有基因结构带来的各种短板。学知识，领悟力、记忆力、观察力、思考力决定了慢人一拍，行程跟不上节奏的短板，那么非要逆天行事补它做甚？多点宽容的人性，挖掘自身的长板，顺势而为，将长板尽力发挥，少点庸人自扰不也挺好吗？假如真属下智的短板，不攀比、不追悔、没遗憾，与世无争，何尝不是一种福呢？

当然有些短板经过训练是可以有所改善的。如口吃可以训练后说话正常；肥胖者节食、运动、塑形看起来也可以形体美……但更多的短板是无法补的。像先天性智力差，个子矮，声音难听，肢体短粗，肤色难看……我们也要倾其一生去补这样的短板吗？

世界上没有人是完美的，任何人都有不足之处。正确的方法是只要一长在身、好好发挥，便能拥有永远的春天。有人文科好，数学连及格都做不到，也未必影响他成为玩转资本的高手，如马云和另一位成为诗人、作家、导演的王潮歌。

假如我们非要让李白去做祖冲之；华罗庚去当毕加索；姚明去做郎朗；LadyGaga去创苹果……这群人会有圆满的结果吗？只要你精神心智健全，不是阿斯伯格综合征患者，身上总会有独特长板存在的。哪怕擅长女红、烹饪，或者把集体活动安排得很周全细致也会赢得众人喝彩。当然，你若是武夫张飞就不要去硬充雅士。你本是杨修非要去使青龙偃月刀，砍遍天下无敌手，本可以写一篇华章，语惊四座，非要去补剑侠的不足，有意义吗？其实任何一门长处，只要发挥得当便可改变自身的处境。

君不闻一名白宫厨师能结交全球的王侯将相，还累积财富无数。他用一次次小小的引爆便会使命运无穷变量，关键在于他善于利用长处而没有去硅谷补自己的短板。

在现行教育体制下，家长们该用何等心态处理好子女性格、智能、体能和学习上的短板，是需要勇气和智慧，更要克服面子问题的。倘若一味地功利性攀比、填鸭式灌输，爱迪生、盖茨、乔布斯、扎克伯格上哪儿去找摇篮？何况上述所举这些人物哪个没有性格、知识上的短板、怪癖与偏执呢？

所以，个人愚见，我们除了不要呕心沥血地补短板，还要充分地尊重孩子的个性和想法，要有相当的包容心。只有当你拥有更高的观点，才可能有宏伟的见解。切忌用别人的视觉、口舌支撑自己的境界与格调。不要神化别人的奇迹，筛选出自身或子女的长处，真正的扬长避短，那么一切成功皆有可能。

/ 短命的弃婴岛 /

好不容易、千呼万唤出台个弃婴岛，就这么不明不白地夭折了！在冷漠的经济大潮之年，似乎算不得什么。可是让我不明白的是，小荷才露尖尖角，蜻蜓还未立上头，便被人批的一无是处，让蜻蜓飞走了？

是什么助长了不负责任的自私、没有爱心、随意扔掉婴儿云云？能这样做的人本就属不负责任的自私者。

这些本该用运行机制、法律、制度、道德舆论和社会保障等方式去调整、监督、约束、改进……至少建立弃婴岛，能给了不管因何种缘故被弃的婴儿，或者会将被弄死的婴儿一条活路。

在国外，弃婴岛也叫安全岛，是给未婚妈妈提供有尊严的安置孩子的一个机会。过程是有人把孩子放在设施齐备的安全岛，轻轻摇铃后走开，几分钟后便有人来抱走孩子……

可是我们却不经调研观察，便忙于批判指责，并假想出无数阴谋论，使其善举被扼杀于萌芽。都读过《犯人船》吧？起初官方把钱给了船主，而运往澳洲的犯人，因船上的条件极其恶劣，大量被饿死冻死。官方派人跟踪监督无效，要么被收买，要么被扔进大海。实在没有办法，有议员提出，把付钱的顺序颠倒，改到下船的时候只有活着健康的人顺利登岸，官方才按人头付费，从此船主再也不敢乱来。

朋友，这是多元化的时代！每遇大事有静气，不管出台什么政策，尤其是善举，能不能拿出耐心静观等待以看效果，再批不迟？且不说孤儿院办得好不好，本就是民政部门该做的，都是纳税人的钱嘛！我们何必要怕麻烦他们呢？弃婴岛我们还来不及点赞，就被太多负面的舆论淹没，这不是给不想作为者送上台阶吗？

宇宙中本就正负能量、物质反物质永远在博弈，不同看法多种可能是存在的。过于夸大某一方面，未经观察调研确实有失公允，即使人体健康以及各种安全指标数据不都是经过无数次试验、统计用科学方法筛查出来的吗？

但愿我们多一些理性思考，少点盲目冲动，沉静下来，客观判断。不要效仿集体无意识的跟风，把好的事物扼杀掉。那不经意间的你一句我一句随意吐槽，便会使无数幼小的生命灰飞烟灭。我们怎么知道那里面没有某方面的大师级人物呢？万全之策、尽善尽美都是通过不断修正、改进后才能出现的，没有过程怎么能发现问题，使制度完善化？勿让弃婴岛就这样短命……

/让动物做我们的导师吧/

爱子女是一切动物的本能，无论哺乳类，禽类，也不管是猛兽鸡雀。然而难以置信的是经过几百万年进化到美轮美奂的人类尤其是国人，却忽如一夜间退化了！退化得出其不意，使人不可思议。且还不断创新，可用上叹为观止一词。

有辞职陪读的，卖掉别墅去购买蜗居天价学区房，为不输在起跑线，一掷万金早教幼教，报各种培训班的，夏令营家长随从的，雇保姆或男友伺候女儿读大学的，把脏衣服快递老家洗涤的，打飞的送馄饨饺子的，非高档车不能接送孩子的，任何家务事都不让孩子插手的。高考中考几代人晒在烈日下，淋在雨水里候考场，林林总总，不胜枚举。

于是孩子们真的四体不勤五谷不分，会做题不会做事，能电脑不会做饭。什么叫水开了，当年的瓦特原理都陌生不认识了。偶尔有位子女给父亲倒来一杯水，那父亲会如沐春风，如受皇恩，感激涕零……这样下去，别说野外生存或遇上意外，无应变能力，就连职场上同学间相处都很成问题。

攀比，骄奢，懒惰，自私，损人不利己，嫉妒，狂傲，唯我独尊，丝毫没有同情心。更没有承受力。所以婚姻必然成了大问题，求职、跳票、跳槽，生活不能自理……即使可领高额奖学金也因无人伺候而选择自杀者有之，不会剥鸡蛋者有之，不会系鞋带者有之，这样的一代能当大任乎？我们的孩子连生活中的起码尚难应付，倘遇天灾、战争、瘟疫，或别的意外该如何是好？

人生是场马拉松，拼的是毅力、耐力、能力，不输在起跑线就不会输在中途吗？礼让宽容、交往、感恩都不懂的族群，只会做题，不会做人，又有什么用？林徽因才貌绝代，也嫁做人妻，文武全才何尝骄奢过？扛不起生活无法沉淀日子的人太多，不会让民族忧患横溢吗？

有人说是中国强大了，富裕了。扪心自问我们真的是经济体老二了吗？富到匹敌发达国家了吗？非也，更何况现在是穷人富人都把孩子惯得一塌糊涂。

惰性贪婪本就是孪生兄弟，也是罪恶的源头。不靠意志。教育怎么能弹压住此类原罪，长此以往能培养出好品德的下一代真就是天方夜谭。

爱孩子，母鸡麻雀都会，简单的生存教育兽类也会。老鹰孵雏鹰想要它称雄蓝天，翱翔不败，将窝巢建在悬崖边，还在雏鹰阶段便将其推下悬崖，迫其展翅，实则生存。虎豹幼崽稍大就将其赶出洞穴促其自己觅食，雄性虎豹还不允子女踏入父辈领地，若幼崽不从便将其咬死……再看母鸡吧，一旦碰上老鹰叼鸡，母鸡便勇敢地挡在前面与之搏斗，这是我们儿时游戏都玩过的——叫爱。

一次屠格涅夫牵猎狗漫步森林，一只小麻雀坠地。老麻雀见猎狗过来，猛地俯冲下来护住雏雀要与猎狗拼命。致使猎狗大惊，狼狈地被主子牵走，以此像英雄的鸟儿致敬……上述范例皆属动物界普通平凡却伟大的爱。

再看我们是怎样爱子女的。土豪金为澳门豪赌的儿子可以卖掉上市公司，为"富二代"们斗富一掷千金。为以身试法闯祸的"官二代""富二代"重金打理……至于为其婚嫁，不遗余力地烧钱，挥霍无度的奢侈就不赘述了。

极目远舒，看一下美国、德国。是否果如我们误读别人薄情寡义地对待孩子。高中毕业就将子女赶出家门，不管不顾。我们举华尔街高收入的乔纳为例吧，他有一儿一女。做家务事自不必说，此乃国外家庭的规矩。他的做法是孩子读大学全额资助，读研读博自理。小学期间他便为子女各存一万五千元买股票作为将来子女购房的首付款，不足部分及月供一概自筹。至于结婚，无论你简单办或大操办，他只提供五千元。另外孩子大学期间他便给他们在自己的信用卡下建立副卡以培养孩子养成良好的信用，随借随还的习惯。使其懂得花钱有节制，借贷讲信用。否则将来干大事将无法融资……我认为这样的爱和扶持具有建设性、指导性、长远性，是理性的。应当理解为给人生打下牢固的基石。再举德国一个案例，有个家族之富，坐吃几代不空……然而父亲把十七岁的儿子叫来给了一百欧令其到千里之外陌生地去生活四十天。待儿子回来，父亲为他举行庆祝……子曰："老爸，你桌上的每一杯酒都贵过你给我的可怜钱。你知道吗？我睡过马厩，人家的檐下，废旧的仓库，鸡圈……"你猜父亲怎么说？"这是你此生受用不尽的财富。桌上的酒肴，家中的一切都是我的钱，你要拥有得自己挣，懂吗？"儿子笑着点头。

想起一个小女孩画了一幅画，母鸡见所孵的小鸡老不出来，怕它们饿着，便将蛋壳敲破，将捉来的虫子塞进壳里……这个行为各位不会眼生吧？是不是像极了我们这些家长？如果至今不清醒，再问问四零、五零、六零、七零这些代继何以能屹立不倒？压迫不了？多大的险峰恶浪都能死而复苏，死灰复燃，咸鱼翻身。成为改革开放后建设的脊梁，在改革大潮中占尽风流。扪心自问，这几代是如何塑造的，是不是可以说钢铁是怎样炼成的。

因为穷过，痛过，饿过，便可以娇惯孩子使其堕为无用论。为了满足自己和这一代可以破坏环境、生态，耗尽资源、能源，污染空气、水源、土壤。只为一二代造福，那后代，再后代持续性呢？如此这般不是作孽子孙吗？

意志、素质、能力、品格、独立才是应鞠躬尽瘁当传承的真谛。切忌后人复哀后人，如若为难，那就以谦卑之心向动物学习吧！

/ 爱不喜欢什么 /

朋友说："现在的人只知道不要什么，却不知道究竟想要什么！"

我道："也就是大家能说出不喜欢什么，却说不清喜欢什么。"

他问："那你说说爱不喜欢的是什么？"

我呷一口茶，像品红酒似的包在口里，旋即吞下道："不喜欢的太多……"

就单点对单点二人之爱，或是多点对多点的大众之爱，共同的不喜欢有：欺骗、虚伪、装傻卖萌、演戏、犹豫摇摆，忽而画眉、忽而百灵，把房、车大小牌子比来比去……至于公众的不喜欢还要加上：不公开、不透明、不给知情权、凡事掩盖真相……

爱需要勇于表达、流露、传递言行，把爱对方的功夫与细节做足做实，使对方真切地体验到你对她或他的在乎、欣赏、重视与需要。使自己知道，今生今世就是他或她了！

不喜欢的是，一手莲花，一手玫瑰，又眼瞅着妖艳的山茶，不知选什么。不过也好办！二人之爱，一旦发现了虚假的真相，立即拔剑斩情丝，哪怕忽然间什么都没有了，哭一会儿，痛一会儿，用几方纸巾抹泪，吞两粒芬必得，重上井冈山。旧梦失去有新侣做伴，切莫留恋精心设置的海市蜃楼，梦醒时分，背影已远走。

好在当下人，大都不会罗密欧与朱丽叶。少年维特之烦恼若搬上银幕，恐只会落得个零票房的下场。如此文迪式爱情观，好坏姑且不予评说。

再说这单点对多点，或多点对多点的爱与不喜欢，就不那么轻松、简单、洒脱了。不是我们要高端、大气、上档次，且听我说来，大家听听。

中国父母爱自己子女是天下闻名的，雨果在《九三年》就说过，"母爱像狼"。十七岁的我，当时读来并不认同。现在看到因小孩们打架，双方父母同上战场斗殴的，或直接打别人家孩子的，甚至有个别到学校去打死别人家孩子的，已曾多次见诸报端。至于惯宠护犊，无理搅七分的情形，多有之，这里不必细说。

为了爱孩子，恨不得把月亮摘给儿子，星星送给女儿，为了满足其物质欲求，父母无论做生意、开矿，或者办厂，不惜掠夺性、破坏性地污染土壤、水源、环境。为了赚钱，用毒死的鼠肉冒充羊肉串，伤天害理也不会脸红心跳。为了满足最爱的人，不惜将违法进行到底……这样的爱，正直的人不会喜欢！还有，为了叫爱狗的人士掏钱，可以重重的当街摔死狗，以情要挟讹诈……

假如这些只是偶然，倒也罢了，可能大家还曾看到过一则新闻：一群学生放学，看着一位欠债的女子即将跳楼，大喊道："跳啊！跳啊！咋不快跳啊……"

当道德的底线一再失守，良善爱心一再塌方，连家长自己都做不好人，认不清、辨不明是非，又能拿什么好品质传承给下一代呢？人人都对冷漠不喜欢的爱熟视无睹，我们的民族该怎么办呢？杞人忧天是时候了，只可叹忧天的杞人似乎少了些！

苹果外表光鲜腐烂在内核，难以看穿。草莓一烂便在外表，哪种更严重，危害更大，其实不言而喻！

下边我讲一个真实的案例，小区内一个美国小孩踢球，打坏了日本邻居家的窗子。孩子告诉了母亲，母亲并没有责骂，只严肃地说："自己到玻璃店请师傅给别人把坏窗户修好，钱我可以借给你……"孩子照做，日本邻居安慰了孩子，还送给他许多巧克力。事情本已很圆满地结束，可是，美国妈妈却出面批评日本邻居："本来是孩子闯了祸，就该让他承担责任。你给他糖果，会让他误以为是对闯祸的奖赏。所以，这糖必须得还你们，修窗户的钱，我得从他零花钱和做家务事的钱里抵扣……"

这样的爱法不知大家是否认同？至少，让孩子懂得了担当和对问题的直面，懂得用何种方式解决问题。

我们的家长面临此类事情呢？恐怕多半是推诿、逃避、掩饰、拒不承认。你若找上门来，家长或百般抵赖，或讨价还价，甚至大吵大闹。闯祸的孩子耳濡目染，会练就出良好的品德、绅士的风度吗？

　　那么正确的爱，也应是长远的、持续的、懂得敬畏与尊重的，是绽放心中不凋的花朵，装点我们的价值观，提升我们的境界和态度，哲学一样的满期缤纷——让大家不喜欢的爱走开。

/ 错判与幸好 /

下班回家，还不到六点。我兴奋莫名地想把刚从同事和微博上学来的日本料理、桂花鱼做出来给先生尝，让他也有到公司把太太的能干扬眉吐气的资本。

我按程序把预备的食材弄完，可仍听不到门铃和钥匙孔转动的声音。腕表已经七点，不是事先约好庆祝结婚日，杀头也不加班的吗？难道又……拨打手机，传出的是："你拨打的手机暂时无法接通，请稍后再拨。"我的四肢百骸和心脑就像巴尔干烽烟，那场将整个欧洲拖入旷古大战的"一战"那样，各国都发出的动员令，无须通牒，全速运转。意外、惊讶、猜想、推断同时又不得不按捺。

随手拿起时尚杂志翻了翻，又放下。财经杂志读不下去，十分钟拨一次他的手机。要么传出不在服务区，要么是暂时无法接通，再拨无数次，干脆关机了！我像热锅上的蚂蚁一样慌乱，同时又想找点事来镇定自己，于是从客厅走到阳台，给几盆花浇水，又回卧室去听会儿音乐，到厨房看被各种佐料腌制的鱼肉。想上网到朋友圈发发牢骚或撒娇帖……然而，终于连这兴致都没有了。评估、预判、焦灼、怨怒继而冒出无名的妒火，惶惶然觉得婚姻殿堂在摇晃，情感天空阴云密布，异性间各种画面的镜头，相互交织叠加，使我坐卧不宁。影视文学没有乱说，婚姻就这般脆弱。

去找他，公司写字楼一片漆黑。那又上哪呢？我打了一辆的士，无目的地飞快经过了一排排高档楼盘。就在这时候，不远处映入眼帘的是一辆熟悉到不能再熟悉的车，我伸长脖子往外看，是他，就是他！副驾驶上还坐着个时髦的摩登女郎。教养使我不能像普通女人那样不顾一切地上前撒泼，只得强忍泪水，肝胆欲裂地选择回避，暂且离开。唐突、冲动、眩晕、意识模糊到语塞，只能用手势比画，脸色苍白，说不出话来。

司机问："女士，怎么了，病了吗？要不要送你上医院？"我咬破嘴唇，从牙缝里迸出几个字："我，我没事，朝，朝那边走，日本料理。"

"好的，好的。"司机转过头看前面，专心开车。

九点的夜晚，城市已不像白昼那样车水马龙，不堵车，眨眼工夫就到了日本料理门口。我付钱后，没等司机找补，便逃也似的向料理店飞奔。听见司机在背后喊我，我竟头也不回地进到店里！

这家日本料理店是很有名的，也很贵，早就想来尝鲜，都因不愿被价格虐待裹足。今天我要豁出去了，为了那个即将不复存在的家，又何苦不在逆境时善待、奖赏、补偿、安慰自己一回呢？当自己点的生鱼片、寿司、拉面等端上来摆好，我才觉出自己一点胃口都没有！有生第一次体验到，即使色香美味俱全的珍馐，没有心情，也难于下咽。

好一阵愣神，服务生又礼貌地为我斟上清酒，还冲我微笑。我想，好歹还是得吃几口吧。我仿佛怕心事被曝光似的低下了头，不敢顾盼左右地举起千斤重的筷子，帕金森氏病人一样艰难地夹起鱼片。就在往嘴里送的那一刻，一个熟悉的男人声音在另一桌，不，应当是在吧台响起。哇，好熟，好熟，是谁呢？我实在不愿不想在此时此刻此地用此种心情与任何熟人相遇！我端起盘子，预备躲到幽闭的角落，想不到还是被那人看到了，他走过来同我热情地握手，打招呼。跟他一起过来的还有店长和老板。

我几分局促不解，尴尬中又有情感被欺骗勒索的困惑。这是个五十左右的男人，我们都叫他张师傅。他下岗后为生计，转行到我们公司当花工，可是怎么会和日本料理老板、店长扯上关系呢？只见张师傅指着我对两位日本人介绍道："喏，这个林老师，可是我家恩人。我女儿高中三年，都是她缴的学费，高考时她还帮我女儿补习。另外还经常在她朋友圈，给我爱人发起捐款，筹医疗费。没有她的热心肠，像我爱人得那样严重的肾病，恐怕早就不在人世了。这真是难得的好人哦，我都不知此生有没有机会报答她！"

店长也对我说："张师傅做人做事挺好，挺厚道，他利用下班和周末时间来我们这儿布置花草，不为挣钱，只为感恩。尽管他那么需要钱，我们要付钱给他，他总是拒绝……"

张师傅说："值得我感恩的人和事太多了，我真幸运老天对我的眷顾。"

我疑惑惊喜地张大了嘴巴、耳朵和眼睛，新奇地看着、听着、想着那些不为人知的故事。

老板说："其实也没啥值得感恩的。就是三年前他爱人在到医院的路上摔倒了，没有人敢上前搀扶，躺在地上一个多小时，车流滚滚，十分危险，我上去扶她起来，将她送到医院，支付了点抢救费……事情就这么简单，老张师傅却念念不忘。我们常说这里永远有一副属于他的碗筷，他随时可以来吃。可他很自律，只有女儿、老婆生日才让她们来吃点最便宜的食品。今天是他女儿的生日，他让女儿吃，自己却不肯动一筷子，我们怎么劝都没用，看你能不能劝动他吃点？"

我无语地笑了笑，张师傅憨厚地拉过一个瘦高的漂亮女孩，我们拥抱着笑在一起，为她考上大学，也为在此处重逢高兴。

极普通平常的人，极平凡简单的事，也有那么多闪光点。人性中的善良、仁慈、爱心、感恩在欲望、功利、贪婪的火炉中蒸煮提炼，放出了光彩。我的心已被这朴素的细碎感动。审视人性的同时有了自我内省。我想，只要有心，善于捕捉，想要抓拍的美其实是存在的。我厌恶自己起初的小心眼，羞愧内疚，自己做了一点小事助人，就以为遭遇了情感勒索讹诈，觉得一个受助者，无权到高档地方消费。这难道不是狭隘、阴暗的心理阴影在作祟吗？同时，我又庆幸，偶得一管净水，冲掉了堵塞的泪囊，使我看到人性的光辉。先前的颓丧也被扫荡、弱化、清洁了。

心想：人生要做的、能做的、该做的、可做的事那么多，何苦在一些个人的感情上纠结到不可自拔？看世界肮脏洁净，不在眼睛，而在心灵。心有多脏，世界就有多脏；心有多净，世界就有多净。不是吗？

　　和大家告辞走出店门，我也感恩大家给我补上了意外的一课。漫步在城市灯火的大道，哼起《感恩的心》……放下了心事，放下了情感包袱，便云淡风轻，应对一切意外都将轻松洒脱。有一种不争便天下莫能与之争的慨然与旷达！也体悟到那些不该凋谢的花却在不该凋谢的时机凋谢了，没有了放不下的牵绊。

　　我正伸手拦车之际，手机在包里震动，奇怪，犹豫，接不接这个陌生的电话呢？挂断了两次仍执着地打过来，只好按下接听键，未及出声，那头就传来先生的声音："喂，喂，是我，是我。我手机没电了，是用中介小姐的手机给你打的。我下班时接到了中介公司的电话，因为催得急，走得忙，手机又没电，急着去看了几处房子。一处小高层，一处电梯公寓，一处不十分远的郊外连体别墅。因为别墅主人急着出国，想尽快出售。我对这处别墅很满意，如果你看了没意见，咱们就马上定下来。房东说，今晚定，还可以再少十万元。你现在在哪儿呢？我马上来接你。亲爱的，给我买两个法式面包吧，我们快要饿死了。"我默然无语，恍若隔世，那头又说："乖，别生气，都是我不好，别忘了买面包买水……"我声音颤抖，喜悦地答应着，急忙到超市买面包和矿泉水……

　　在补妆的同时，心想：原来我的理性还没有外化到不可撼动……幸好，幸好……

/ 硬挤热闹的优劣 /

朋友问："同事、邻居的孩子，都在参加跆拳道、武术班、学钢琴、画画。我家孩子阳刚不足，阴柔有余，你建议他该学武术还是艺术？"

我略加思索，说道："记得你儿子很喜欢阅读外国名著、儿童杂志还有科普什么的，何不给他报这类兴趣班？"

朋友说："学文你觉得有前途吗？将来赚钱养家靠谱吗？还有，要是有人欺负他，他有防身的能力吗？……"

朋友作为母亲，担心和忧虑儿子，不能算短视。

是啊，理想是气球，现实是铅球。在风驰电掣的列车上，没有位置，没有抓手，要稳住心神何其难也！作为朋友，我还是给他讲了见诸媒体的那些硕博生，当初被父母强迫放弃兴趣，选择了不爱的专业，终于干不下去，中途放弃，回归文学或围棋的案例，不过也有回不去以至精神崩溃了的不在少数。同时，我也讲了音乐艺术界求职艰辛、收入微薄，有的甚至去超市卖货的案例，可是，读书期间学费却不菲。

　　"我其实也没有想好，你儿子该选学什么。生活需要钱，是硬道理。可是，非要往人多的地方挤，定然不算明智。学文就必然前途渺茫，我看不尽然。你不必非要与莫言、门罗、海明威比肩。有一份与文学相应的职业，如语文教师、记者、官员秘书、编辑什么的为依托，另外用热爱的兴趣去写作，或搞学术研究，做编导或职业嫁接。基因多元化，使单色视觉进化为彩色视觉，那样的人生会丰满美好许多，不是吗？

　　"兴趣爱好是巨大的动力，只要运用得当，那能量的释放是火山级的！尽管额人狂于赚钱不读书了，但我还是相信，引领人类思考前进的文史哲，是永远不会被压在冰山下的！

　　"你可听说过，有位叫泽尔的亿万富翁，用的是墓地法则投资，从未失败过。这个精明的犹太人，是二战时期，同父亲逃难到美国的。他认为人多的地方别凑热闹，那样的地方，一定是泡沫或雷区，相当于我们换壳卖壳的创业板……别人向左，他却向右，在他眼里，现在的墓地，不久将草长莺飞，胜景一派。"

　　偶然读到一个小女孩的文章，问："妈妈，可看过《老人与海》？"

　　母亲说："不就是老人打回一条大鱼，卖了大钱，发了大财吗？"

　　女儿说："他是打了一条大鱼，却被鲨鱼吃光，一路上他同鲨鱼搏斗，险些搭上老命，回家后沉入酣梦，这才是故事的经典！难道发财就是你们大人所谓的成功？难怪你成不了海明威，这般庸俗……"

　　小女孩没有生活压力，所以见解精辟、新锐，可是我们家长，是不是也因此该反思、汗颜？

在 IT 业惨烈厮杀的时候，特斯拉却开放所有专利，只卖标准，这不是走新路，走险路，走一条少有人走的路吗？

文学即人学，它是学好各门功课的钥匙，小时候老师就是这样教导我们的。它能促使你思考想象，头脑丰富到群星灿烂，万象争辉。虽然它不能直接创出 GDP，但它能激发你灵感，撞燃你野火般的想象力。

我知道王潮歌，著名编导，是学文的。我想韩寒和郭敬明也应该是学文的吧？他们的粉丝少吗？《小时代》《后会无期》赚钱少吗？再回头看古今园林设计，基本是把文字境界发挥到极致，你能说那些建筑输给钢筋水泥的森林吗？

我想，假如孩子不喜欢武术、弹琴、画画这类可加分的东西，势必会出现情绪低落，学什么都万精油似的每门不精不专。考个二三流大学，工作稍不顺心，便会归罪家长，岂不大家既冤又不快？不如转而任其全方位发展，择其重而延展，只要他心智品格健全，心胸豁达，把兴趣爱好开发出来，谁说就一定会输给热门专业、补这补那的学生呢？每个人都是唯一，每个人生都不可交换复制，盲目参照、挤热闹是没有意义的。

只要家长们心态平和，相信育出各类牛人是完全可以的。

当年的林徽因不但文采风流，雪肤花貌，还是那个时代少有的女建筑大师。人民英雄纪念碑都有她参与设计！马云、俞敏洪都是文科出身吧，能说他们不牛？总之，大家都去挤的热门风险很大，相互踩踏、倾轧绝对不少，因为大家都拥堵在高速公路上，走不动，车道再多也没用。你听说过旺旺是华人首富的故事，他坚信的就是街头哲学，根本就没有读过多少书。

虽然赔过本，却能绝地反弹，成为华人首富……

给孩子一双翅膀，任其奋飞，家长只为他蓄积能源，并给予助推，必要时，予以托举即可。把第一次自主选择权留给孩子吧！切忌将己之所欲，强加于子……

/ 感怀 /

黄昏走了，迎来晚上，穿枝扶叶来到花园，赏假山苔痕，绕泳池一周，坐下来。

从父母家返回，疲惫伤感冻住的心开始化解，短瞬间脑子里什么都不想。秋千已摇晃，思绪流动，仿佛活过来！

下午，姊妹兄弟同父母欢聚，为老父亲祝寿的情景，碟带样似的回放。里面有大家的高谈阔论：谈文化、谈经济、谈一战二战简史、谈国内外新闻花絮……尽管也看报看电视的父母，终因体力不支，心力不济，带宽不够，挤不上飞驰的动车！我不得不打住弟妹们的话头，向耳背的父亲一一解释。

在聊天的缝隙间，我时常穿越，依稀看到了背着书包和行囊，走在各省间流亡学生群中的那个少年……后来国难当头，又投笔从戎去考黄埔军校，成长为英俊帅气的军官——我的父亲。

夜凉如水，风撩衣裙，我摇秋千，晃悠中脑海里冒出了多少支熟悉的旋律。遥远的儿歌，父亲领唱，我们合："云儿飘，星儿摇摇，爱说话的人，来做事的鸟，都一起睡着了。""飞呀，飞呀，飞，飞去又飞回，飞到花园去采蜜，多么有趣味，飞呀，飞呀，飞，飞去不飞回，清清早上，红花片让给我们睡……"

记忆中，父母不怕劳苦，只要不搞运动，他们总是达观的，父亲母亲教我们唱歌，他们也合唱《秋水伊人》、《花好月圆》、《春天的梦》、《中山村》、京剧……我想他们之所以还能这样，原因是精神不贫血，心里不贫穷，有憧憬——尽管物质极度匮乏。

我长大了，父亲漂亮的男高音经常同我合唱《天长地久》、《眼波流》、《凤凰于飞》，有时候也唱《太行山上》、《毕业歌》、《游击队之歌》，记忆中我问："老爸，你怎么会唱这几首歌?"他生气地问："怎么不会? 打日本的时候，我们和士兵一起唱这些歌，可鼓舞士气了。"歌声话音还袅袅耳旁，余音脑际。怎么一不留神，他们和我们都相继老去了呢?

一低头，一抬头，还记起坐在他腿上听故事，他用胡子扎我们的情形还那么鲜活。搂着我拍电视、电影的情形，好像才前天。两年的中学生活，早晚都是他风雨无阻用自行车推着我上学、放学，我靠着他的体温还热着! 怎么走着、走着，他们就掉队了呢?

我想，幸好有我们几个儿女，所以，当一把把锋利的匕首扔向他们时，他/她都能很有尊严地挺住——因为我们是他们的支撑，他们的梦想，他们的希望! 因此，以石压草，草必逢生，也许因为是最底层，只为活而活，生存下来就是胜利! 要是如我一片云的来去无牵挂，一旦不想累了，便说走就走……

是的，所有磨难都是上帝给予我们的催熟剂，可我宁愿自由慢生长，愿那些扼杀人性，扭曲现实的扣杀，只在球类运动中使用，永远永远不要返回神州。每个生命都可自由地延展宽度……

看到他们老，我很难过！他们曾经是多么以我为骄傲。我怕有一天，他们不在了，我成了孤儿，这个世界还会有谁爱我呢？我祈祷趁他们还活着，能再一次享受到我给予他们的荣誉——但愿，但愿！

/答夜问/

花钱购物是女人专属的快慰，尤其是和旧日的下属一起，能连接到许多熟悉、半熟悉的人与事。仿佛接通了电源，安装了 WiFi，站在旷野，视野高广，不再是只有烛影摇红、花叶拂窗、夜灯明月书斋的静雅，俗世中烟火灰尘和雾霾一起扑进屋子，耳闻之后能释放、释怀之余，又老生常谈。原以为媒体上的一切离我们很遥远，然而实际却是那么近，近到掀开人格面具。

用手摸摸那些新买的衣裙，趁着残留的好心境，浏览了案上备忘录，预备给夜问者一个交代——他是我多年的朋友，坦诚、直白、不至讳莫如深，是我们大家遵从的约定，又是情感问题，而他/她都有家庭……

他说："我爱她的诗，继而爱这个人。已不可自拔，痛苦到有海明威、莫泊桑、罗宾的情节！难道就不可时尚一把？在不影响双方家庭的情形下做彼此专属的情人？"不仅如此，他还要我劝劝那位女诗人，勇敢些、潮一些，为爱献身，将隐形的浪漫进行到底……

怎么办呢？俗话说，劝酒劝赌不劝色，我是个很有边界的土鳖。换作别人，是不敢向我提类似荒唐要求的，即使他敢，肯定也是在情感风暴、漩涡里不知挣扎翻滚了多少次。实在无法解脱、无法救赎，受不了炼狱煎熬，方才寻搬救兵的吧？他不是游戏人生，玩弄生活，在异性间玩圈的，纵情声色的人。信任、友情和职业操守，反让他允我几天时间考虑再做回答……

我自知自己心情似北方的冬，含不住暖，保不住热。趁着秋寒未至，赶紧叫了他来。

夜晚露台，我喝柠檬茶，他不失眠便喝咖啡，各持镆铘、青龙偃月神侃。嬉笑怒骂，拽着地球飞跑，蓦地，我把那驾驶的飞车，一轰油门，拐上没有预设但去了该去的道。

"你对张幼仪（徐志摩前妻）女士印象如何？"我问。

"哪个张幼仪？"他诧异地问。

"唉！那么博学多才的才子竟然不知道张幼仪是谁？那可是才貌双全的富家千金哦！离婚后被众多当世才俊追捧，连罗隆基那样的美男也一见钟情的张幼仪你却不曾耳闻？"我笑道。心想，这茶喝到这时快喝出点儿味儿了。

他替我续了水，不知是忐忑还是故作不知地敲着杯子和桌子说："我不确定你说的此张幼仪是不是彼张幼仪。突然提起此人是什么意思？"他也许不明就里，又不愿贴上孤陋寡闻的标签，有几分不悦。

我起身重新夹好长发，活动几圈颈椎，清清嗓子，对视着读心、读彼此的微表情。张幼仪是誉满天下的徐志摩的第一任妻子，张家名门大户，父兄为嫁女儿妹妹，光陪嫁就装了一火车皮，不过因所受的传统教育，她不够时尚，属母仪天下类型的女子。徐志摩的粗口和冷暴力对她的折磨，在这里我不想赘述，只说徐志摩撇下身怀六甲的张幼仪出走，张只好求助身居柏林的哥哥才生下儿子。一月后，徐便赶往柏林逼迫其签字离婚。可恶的是，你从此不是我妻子但必须仍做我家的儿媳妇。养儿奉老，维持徐家开销……

徐志摩那期间猛追林徽因，也许是林有定力，也许是为报梁家养育之恩，终算嫁了骑摩托车摔瘸腿的梁思成。继而徐又恋上了有夫之妇的陆小曼，要人家丈夫割爱答应把陆小曼让给他……陆小曼丈夫同意，条件得让梁启超主婚，爱到走火入魔的男女——尤其是徐志摩，让梁启超主婚是自取其辱！在媒体宾朋高座的婚礼上，徐志摩遭梁启超唾骂羞辱，连现在的我都觉得无地缝可钻，我很难设身处地想象出一个男人为一个名姝、名媛就能舍生取义，这算不算爱到挫骨扬灰了呢？可曾想过遭这顿辱骂值也不值？

为了满足陆小曼群仆伺候的奢靡生活，他身兼多职，自己常穿破洞的裤子，游走于名利场，诠释了自古才子多穷困。他曾经力劝陆小曼别抽鸦片，少与纨绔子弟鬼混，迎来的是唾骂和被烟枪打砸。有时候张幼仪实在看不下去，还为徐志摩置办几套高档服装。然而徐志摩终因精神、经济不堪重负，对朋友吐倒苦水登上了免费的飞机，穿着那条磨皱的破裤子驾鹤西去。徐志摩文采斐然，风流倜傥，三十六岁璀璨短命，短暂一生，也算浪漫洪流中最绚烂的一朵。

我想说的是，张幼仪不仅独自抚养儿子，还供养可怜的陆小曼生活，直到 20 世纪 50 年代她自己移居香港。那时，陆小曼以画画为职业。张幼仪和做医生的丈夫生活是美满幸福的，晚年她到美国还认真整理徐志摩的诗稿和报道。她是多么伟大宽容慈柔！世上有几人能做得到？我想，假如徐志摩同陆小曼不结姻缘只做好友，悲剧是否可免？又假如徐志摩人品与文品相得益彰，情感上稍有操守，不以诗人之名率性、随性、滥情，即使离婚也不必过分绝情，那么他是否会成为诗坛上的常青树，在千年群星灿烂的诗人中也能耀眼如泰戈尔？

不过天造地设的才子佳人绝对凤毛麟角，才子多属开屏式男人，想吸引名姝不足为怪。陆小曼这类名姝娘家、婆家都背景富足，他一个穷诗人并非不知。那么遭遇砸烟枪、砸杯盘或别的"砸"既为意料之中又是意料之外。但可以肯定，天下多徐志摩之才而少张幼仪待人之宽与贤。不是所有香花都可以插到卧室花瓶里，即使百合晚上也得移出卧室，不是吗？尤其是当爱的热能释放完以后。

他说："我和她不会，我们相互吸引已经五年了。只是也想有点儿现代感，实质性的交融。你难道没有从影视或文学作品里看到类似的故事吗？不是所有人都被金钱、物质所俘获，也有不爱江山爱才子的……"

我说："那能坚持多久？徐志摩的诗才不输给你我吧？这世间有不冷的情吗？那个时代的文人还很值钱，现在是百度、腾讯、阿里巴巴、《小时代》当红。你对她往事知多少？你问我有什么建议？那我认为，虚拟网上的交流不如依旧漂流在虚拟网！

"告诉你，如今微整形、小针刀、注射，五十变三十，几天搞定。你连她真面貌、真年龄都不清楚，便流水落花情去也。要是再把家庭押上轮盘赌，后果是跌停板，再想涨停断无可能！会不会像徐志摩输光了运气还输掉了命？这个年龄不是玩蹦极、寻刺激的，我看还是鸣金收兵吧！除非你真以为你们有半生缘，若真有，又何苦要将自己的另一半当作祭品呢？

"陆小曼因徐志摩死，愿终身寡居，以求救赎。可及时行乐的当下人，连这点情都不会有。还是早些从太虚幻景出来吧！等距离的情感看起来很美，相看两不厌可能只有敬亭山了。从心理学上讲，相互间的吸引，脸红心跳也超不过几分钟。是不是所有男人，也包括你，总是从家里往外挤，觉得家里的不如外面的好？"

他说："也不全是，也许是希望给婚姻一个补充，其实只要处理得当，是可以两全其美的吧？一辈子守着一个人，有时候也很厌烦、会倦怠！你不觉得是这样吗？"

我说："有的人只适合做配偶，可能不能扮演好母亲、妻子、情人、女儿、妹妹五种角色。这五种角色交给职业演员，要演好尚且不易。但她毕竟有不张扬的温暖伴你左右，有共担风雨、半圆形的爱很实在，至少看得见，摸得着。唯其如此，你反不觉珍贵。

"文字空间具有无限的想象，还可以不断地 PS，使每个毛孔都黄金碧玉，但那毕竟是虚拟的、不可信的。在我这里的类似案例，多半是悲剧性结束，我们是朋友，劝你把那份情存储心底，就在心里默念，但愿人长久，千里共婵娟。保住一份小残酷的暗恋与相思，虽有几分缺憾不也是刻骨铭心的美吗？"

/谁之过/

　　电话铃响了三遍，终于接到了。原来是梁艳打来的，说今天一定要见我一面。让我帮她分析一下最近遇到的难题。

　　下午，她如约而至。我俩坐在摇椅上，头顶只长叶子不结葡萄的树，沐浴着不温不火的秋阳，喝着下午茶，听着她不新鲜的叙述。

　　她说："我对儿子的教育是很重视的！家务事从不让他沾手，使他能把所有时间专注于学习。考虑到他功课忙，课余又要上奥数、外语，补习物理，怕他艺术细胞弱化，又给他请了提琴老师。在他一再抗议下，我和他父亲把提琴课否了，也算对他的尊重吧？暑假里我们偶尔也让他去参加欧洲游、夏令营什么的，可是他对旅游、玩耍提不起兴趣。他喜欢苹果，我们几乎每个新款都给他买，我和他爸用的是他淘汰下来的……总之，从不违背他的要求。那天，他心血来潮，说某同学买了天文望远镜和旱冰鞋，我们全都应允，让他如愿。可是这两样他很快就厌倦了……

"你知道我们也顶多勉强算中产，儿子吃穿用却基本都属上乘，可是他最近惹了一场大祸——跟一个同学争吵几句，便扔一个大砖头把别人砸昏。人家家长还叫来了电视台和报社记者，找到校长。不知校长用什么方法没让报道这件事，保住了学校的名誉。让我们夫妇不堪承受的是这场刺痛神经的意想不到，怎么会降临在我家？！"

我也惊愕地问："那么乖的孩子怎么竟……"

"如今我们积极地与人家家长协商解决，可别人也挺有来头，不肯买账。医疗费、赔礼道歉、可能的官司……还不知道事态会如何演变。我和我先生都愁死了，如果那孩子醒不过来，成了植物人，后果将不堪设想！将心比心，我也是母亲，很理解人家的痛苦和问题的严重性。可是我始终不明白，问题出在哪儿？想破脑袋也不懂，素来温雅的儿子，一点小事，怎得就走极端，不问后果呢？

"我们在吃每顿饭的时候都灌输他：'跟同学和睦相处，遇事忍让，不要斤斤计较。但在学习名次上一定要争取前三。'事情发生了，我们俩尽管心似油烹，夜夜失眠，可还得安慰儿子，怕他压力过大、精神崩溃。

"他父亲骂过他，还甩了他两个耳光，我赶忙拦住，为此儿子赌气，不去上课。不敢面对同学、老师的责备，我还去请同学们吃饭，替他缓解紧张关系。又请心理医生，给儿子进行行为分析和心理疏导……你说我做得对吗？"

我不假思索地截住她的话头，说："这类问题在中国，家家盲从，人人无赖，没有一丝新意。你的不同，就在于打伤了别人的孩子，且伤情很重。有无生命危险，会不会成植物人，需不需后续治疗，不可小视……好在你儿子属未成年人，也许能免于刑事处分，坐牢之险。"

她又急着问："那当务之急该怎么办？"

我道："第一，用宗教般的虔诚慰藉那孩子的父母，使其宽容谅解你儿子的莽撞无知。第二，努力用道德的方式赚钱，给那孩子用最好的药、最好的治疗手段，请负责的好看护以赢得那同学家长的同情和理解。第三，经常带你儿子去看望，并适当护理那孩子，使他懂得因为不克制给别人造成不幸的惨状，使其切身体会错误的危害性和严重性。只要上帝保佑那孩子脱险、康复就阿弥陀佛了！但愿两个家庭因为这场意外而生出一点善意或慧根，也许都将因此受到好的启示。塞翁失马，焉知非福，但愿这事能往好的一面发展。"我一面说阿门一面画着十字。

她又问："那最坏呢？"

我说："这……我就说不准了。我比你更不了解对方，不敢去假设。

沉默良久，她又说："我百思不得其解，事情怎么就会往那样的方向发展？甚至为什么会发生？其实我们要求孩子也算严格。除了要求他学习好以外，别的方面应该算宽松的。问题究竟出在哪儿呢？"

我说："不是你一家有这样的问题。"

她说："我不同意！你看，正因为我们把学习知识抓得很紧，所以我们的学术论文、经济发展，都高居世界第二，大学生硕博量也越来越高，国际性奥数比赛前三名几乎被我们中国孩子囊括……"

我有些不耐烦，打断道："这恰是我们教育的悲哀！任何单一的学习；不停排名次的比拼；除了做题，别的都漠不关心；年轻人除了手机、游戏、上网，人与人的交往、相处全然不懂……这都是家长、社会催生出来的病态。怕输就有人出来办班，美其名曰'培养专业强项'。没承想宝玉类孩子出生时就口含金钥匙，金勺子，他们不等枪响、不用奔跑就已经站在终点。而普通家庭，偏要去攀比。为什么不能活出自己？恢复孩子的天性？

"人压力太大，无处释放，一旦迸发就是七八级地震。有的孩子考分低便选择自杀，一点适应和应变能力都没有。至于品德、人格、能力、素质、体魄的培养全然不在考虑之列，走极端的事情还会少吗？"

她又抢白到："我们对孩子的管教，尤其是学习上的管教，知识培养，何尝输给发达国家？"

我说："糟就糟在这里！怕输在起跑线却忽略了中途，盲目跟风，补这补那。

"当一切只用丛林法则来衡量是非，那每一个人都可能是下一轮受害者。这样的教育是该深思的。"

她说："那……那……该管不该管？在何处划界？"

我清清嗓子，说："我给你讲两个故事，你自己去判断。

"有个美国女孩，说她能成长为名记者、名教师、名律师，不是父母做了什么，恰是什么都没做。他们任由她同小伙伴玩泥土，使棍弄棒或别的玩具。她说妈妈从不给她梳好看的辫子，买公主裙、跳舞鞋……从不让她把漂亮作为自己的骄傲。她弟弟与男孩们打架，只要不动家伙，各自父母远观，差不多时，

一嗓子把各自的孩子喊回来，一般都无大碍。父母们只笑笑说声：'有话好好说，打架很不礼貌，只有笨蛋才用拳头解决问题……'

"他们的家长认为男孩不打架，女孩不争吵是很不正常的，吵过、打过才有和解的乐趣。让孩子悟到相互退步、忍让的技巧，顺应了孩子的天性，对孩子的成长才有利。那女孩说：'在记忆中我们父母总是合力做家务，还必须要我们参与。无论怎么忙，总要抽时间蹲下来陪我们聊天，给我们讲故事，还参与我们的游戏……只有一件事是父母反复叮嘱的——那是邻居的女儿得了不能见光的病。父母告诫我们，那女孩来玩时切记用深色的窗帘挡好阳光，陪她玩时别让她摔倒，送她回去要替她蒙好皮肤……当然有时也推荐我们读一些有趣的书，但绝不会强求。我们姐弟就是在父母不管下成长起来的……'"

"第二个故事，你也许在网上看到过。一个瑞典教授，把成天痴迷杀人游戏的两个儿子带到加沙难民营，在巴以空战火箭弹中接受洗礼，让俩孩子目睹大人、孩子死伤的真相。

"作为曾经当过中东战地记者的父亲，不可能不知战争的惨烈和危险，不可能对亲骨肉不疼爱有加。然而，为了孩子有健全的人格品质，不致走上恐怖分子的邪路，于是冒险一搏，将享受暑假的儿子领往血雨腥风交战的现场，让他们亲身经历、目睹伤者无药可医、难民营被炸的悲号，实地让孩子懂得死、伤和生命的可贵。不能痴迷于杀人游戏，更不能把这种游戏移植到现实，那是不好玩儿的。死了不可以复生，残缺的肢体不是树枝可以重生。

"从此，两孩子不但自己戒了杀人游戏，还现身说法劝同学照做。你能说这不叫爱吗？不仅如此，两孩子也懂得了爱。他们发动小伙伴把做零活、当球童、修剪花木草坪挣来的零钱，捐给中东和非洲缺水缺药的地方……

"他们幸运自己的和平幸福，也牵挂贫困和战争地区的小伙伴的生活。

"要知道，无论是学识渊博的绅士或明艳的名媛。宽广的胸怀、优雅的风度，都非速成班可以打造。而是从小点滴积累，父母以身作则、言传身教练就而成的。价值观错位无异于饮鸩止渴，我们若不急着刹车，咽苦果、付代价，便不可避免。家长一味溺爱，怕输，丢面子，把自己实现不了的愿望强加给孩子。使得孩子是非、好坏、善恶模糊。没听说非洲人跑得快是被狮子撵出来的，不让孩子参与家务校务，使他们没有融入感的快乐，只有竞争，没有合作，没有教会他们两只蝎子共舞怎么能互相不刺着的艺术，使一盘散沙窝里斗发挥到极致。

"我们常错误地告诉孩子，成功可以复制。其实此乃大谬，正确的教导是要学习成功者艰辛的过程。我们家长和老师，教过这些吗？让我们找回文化的神韵和风骨，好好反思并付诸行动，也许悲剧将退潮……"

/夜曲/

　　黄昏时分，夕阳洒下最后一抹血色。在树梢、池塘、小溪边不舍地流连。大树枝叶繁茂，把枝条长长地垂到池里、河里，仿佛仰躺水面。河面正泛起阵阵涟漪，许多花朵在上面浮动。当月儿撩开云朵，徘徊期间，树枝就自然成了她披散的长发。

　　这里生态实在太好！百余种鸟倦飞知还，悦耳的歌喉震撼了山林，美丽的羽翅绚烂着小村庄。这绿、这艳，使我不由自主地想起威尼斯的海水。在陶醉沉静中，感恩退耕还林，想到了大家出外谋生，不再使人只知向这块土地要吃要喝，结束了破坏性打猎砍树。我们到此一游，也有幸忘掉了城市生活中的繁忙，有安谧可享受。便一猛子扎进鸟儿的天堂，风吹绿荡，真可谓把五脏六腑、大脑眼睛统统洗个干净。

　　坐在溪边石上，听绕着村庄的小河柔情蜜语，蟋蟀伴奏，萤火虫调配着布景的光源。我不禁幽幽一叹，自言自语道："想当年的谢安、陶渊明、欧阳修，都在山水间乐以忘忧，确有道理！能把所有凡尘浮躁统统抛下。"

来此支教三个月的朋友林东说:"抬起头来看!月上柳梢头了!"我们一起"哇"了一声,共约黄昏后。

他又说:"趁着天光尚明,我们一起往前走吧!你们会看到小时候学的'月亮掉到水里,有学猴子想将之捞起的欲望'!"

同来的刘翔说:"捞它做甚?镜花水月,虚无现实,岂不妙哉?"

芸说:"人是物质的,总想走出海市蜃楼,把幻景虚无变现,要不哪来那么多创新?"

我说:"别,别。别让俗世弄出破洞,促我们退回原点。"

大家说笑着,女生们边走边采野花,编戒指。同时强令男生们路边的野花不要采。刘翔对林东说:"这儿太美又太安静,下次来接你一定要在这儿烤羊肉、搞野炊,来个篝火晚会!芸,芳都把提琴带来,叫宛如朗诵诗,几个女生唱歌。东东,咱俩尽兴喝酒,拿越野换茅台、汾酒、五粮液,看能否找到与尔同销万古愁的感觉!你在这儿还发现哪些妙手难得的好景致,介绍介绍!"

他接着说:"我们可是俗人,时间紧,每天要打卡的……"

林东说:"这儿山高林密,坡缓,不太陡,针叶林、阔叶林密布。行到水穷处会找到一个圆圆的湖泊,我把它喻作印度沙漠里的皮丘拉湖。美极了!似一面梳妆镜。我两次和学生到那游玩,便深深地爱上了那地方!它奇怪的是水色随早晚深浅不一。在岸边搭个帐篷,用独木舟或小舢板切开水面,一早可欣赏木秀于林、旭日冉冉升起拥抱整个山林的奇观,傍晚红日西坠,能看到它与月儿握手惜别的真情流露。"

他说:"我刚来时,离开了 WiFi、互联网,有丢魂似的不习惯。我看你们不也时常想刷屏、想看朋友圈吗？我窃笑你们，这儿连宽带都没有，智能机、电脑全没用。至少，此处暂算科技死角，上网得去十公里以外的邮局……"

稍停，他忽地大叫起来："哎！在这儿建一所戒网瘾的医院或者俱乐部不也挺好吗？芳芳，回去叫人来投资！当然前提是绝不能破坏原生态，办一所没有围墙的帐篷学校，是不是挺棒？像瑞典学校，教学生爬树，灵活地在树上蹿来蹿去，让学生学一些野外生存技能，学自救、互救，学一些使用工具、钻孔、钻木取火、攀岩、搭建窝棚、捕鱼、寻找能吃的野味野果……好浪漫喔！"

我怀疑地截住他的话头："这学校会有人报名吗？中国的家长已把孩子溺爱到'含在嘴里怕化了，捧在手心怕摔了'。不过，瑞典学校不问来路，所有学生都得学各种实验课，那你不也得接受？"

他抢白道："不过千万别把开发商引来！他们的手一旦伸出，自然界环境将百孔千疮。从此天不蓝，水不清，植被破坏，山不再苍翠，那样戒网瘾的学校就无处立足了！"

说着他要我们回村住宿，我说："等会儿路灯亮了再回不迟吧？"

林东笑道："这里的路灯就是一弯星月，别的就只有村落稀稀落落两三盏路灯。"

我们"哦，哦！"两声只好意犹未尽地随他回返。

深夜，我在暗淡的灯下，记录着支教者的话。深山密林中，长满拍不完、照不够的绝艳野花，美得叫你透不过气来，倾国倾城，不足形容。下次来时一定要叫上几个摄影的、画画的朋友，使旅游生动到丰满，意气风发。

午夜，我们熄灯睡下。太美，太好，连梦都是郁郁葱葱的绿，月亮下飘着五彩缤纷的鸟羽，四野有秋虫唧唧伴奏，使夜晚静得要听出静的声音来……

正在梦里摇滚，忽然，一重雪白的海浪打来，我和芸、宛如陆续惊醒。只听得不知从哪儿传来呜呜咽咽、咿咿呀呀、噭噭啊啊……分不清的声音，总在同一个旋律。简单的音节，起伏不大，抑扬顿挫不明朗，反反复复让人心烦，不知是哭是笑，是说还是唱，难道是此处特有的夜曲、夜歌吗？我们有些纳闷。听得久了，仿佛遭到初学弦乐者对耳朵和神经的割锉砂摩。

我想开门，问他俩要不要出去看看，他们说太黑，很害怕。我于是把抽开的门闩又往里送，检查了窗户是否关好。和衣躺下，继续让耳朵遭受折磨，还是睡不着。芸建议大家用耳麦或棉球把耳朵堵上，我们勉强入梦。

梦里又浮现出威尼斯水上，我们摇着橹把小船靠上专唱夜曲的小艇，听碧眼金发女郎弹唱舒伯特、瓦格纳的歌；听棕发灰眼靓男弹着曼陀铃，悠悠地唱舒曼小夜曲的情景。我付钱后想让船走开，可两船总也分不开，总是被呜呜咽咽、咿咿呀呀、噭噭啊啊的焊条把两船焊住。

不到五点，我终于从这怪异的梦里醒来，继续让耳朵、心智倍受那噪音疲惫的锯磨切锉。噪音也听过两小时，我们等支教者林东上完早课到来，立即问他可曾闻得昨晚奇妙的夜歌？他听完我们争先恐后的描述，收敛了笑容，说："那不是什么夜歌、夜曲。带你们去采风，看你们还会不会有那般威尼斯情节？"

他引领我们一行走出三百米左右，到一户人家门口。只见一行男女老人准备给一个孩子出殡，想必昨夜就是这群人为孩子唱安魂曲。我们看后正待离开，只见刘翔上前，很礼貌地问："大姐，这孩子得什么病？几岁了？"

那女人未语泪先流，哑着嗓子说："才，才十一岁……没，没病……是上吊自杀的……"

我们立即收住脚步，心情阴郁，想听她讲点什么。一个男人嘶哑地粗着嗓子说："快走！时辰到了！"他们抬起小棺材，迈着沉重的步子踉跄着朝南山坡走去。

林东从桌上拿起一个作业本递给我们，我们急速地传阅，一页一页地翻着。上面写道："妈妈，爸爸，我想你们。你们不想我吗？……你们六年不回来，我都快记不清你们的模样了……你们是不是不爱我了？

"说春节回来，又没回来。说清明回来，又不回来。年年都是我去给外婆、姥爷上坟……

"爸爸妈妈，你们说中秋回来，可是又在电话里说不回来了。你们是不要我了吧……

"我是多余的，以后就不麻烦你们了。再见吧，不知有没有人给我上坟。"

下面落款是九月八日，字迹模糊，可能是被眼泪打湿的。

林东说："第二天奶奶敲门叫他吃饭，上学。才知孩子已吊死在月亮照得到的窗前。"

唉！又是一个留守儿童的悲剧！我心情沉重地问那个坐在床边落泪的老奶奶："为什么他父母六年都不回来？他们是迷恋大城市吗？"

老人说:"不是,是为了攒钱修房子。工厂里节假日工资多一点。"

我说:"工厂春节时是要关门的嘛。"

老奶奶说:"他们就可以过年期间摆摊给游客和逛街的人卖点儿面条、鸡蛋、汤圆。多赚钱,回家修房子。为儿子长大娶媳妇……"

又是房子!农村修房子,城里买房子,似乎中国人除了房子再无别的理想和愿景,找不到主轴了!那留守儿童成长期间的亲情饥渴,是区区几张百元伙食费可以托举、附着、承载的了的?那被典当、抵押了的童年,少年,是永难赎回的时光。是不是就只有留给呜呜咽咽、咿咿呀呀,直到永远?

我不得不从威尼斯摇着橹回到现实,想起傅雷说过:"人一旦离开虫鱼鸟兽,山川林水,会导致机械。机械了,就难以与进化同步,进而情志枯萎,心志病态残缺。"可是这儿不是山明水秀,风光大好吗……哦,想起他儿子说的,他父母已六年不曾回家。即使回家,恐怕大脑耳目已感官不到这望一眼都要心醉的故乡,只一心牵挂那些恶劣浊气中,牢房似的工厂。他们死鱼一般的眼珠,偶尔转动也不过是望着茶叶蛋换来的毛票硬币闪一下光。可叹他们要修的房子,要给儿子娶的媳妇能敌得过缠住他儿子灵魂生命的情感绳索吗?

人人都在奔波中装饰着自己的梦,死去孩子的父母也不例外。也许至今,不,永远也不会弄明儿子为什么要死!父母回不回来,真的有多重要?我们只能祈求有朝一日全民素质提高,保障、资源分配更合理,中国梦早圆……

我有些想不动了,管这世界是否值得献身,也要学企鹅低

头深潜，然后再猛力一跳，踏上海岸继续奔跑，妄图找到那深
邃的幸福。幸福了，不忘用别致的厨艺，调制一碗高汤，给只
知吃苦换钱不愿归家看亲人的喝了，使他们不再麻木。让生活
中的阴影，连同那呜呜咽咽的"夜歌"退回并停留在电影里，
不要"今天的村庄还唱着古老的歌谣……"

/ 是基石？是太阳 /

傍晚我坐在葡萄树下，采集秋的灵气。那个抱怨生活、抱怨家庭所有成员，也抱怨所有同事的朋友，不约而至，使我不悦。她的脑子像打了死结，怎么也劝不动，好像整个世界都欠她……

正待我无助和心烦的时候，听到了园区扫地阿姨找邻家阿姨聊天说话的声音。她的故事我听过不少，于是灵机一动，想请了她来给我们的约会加点戏份。心想换一种井水泡茶，或许对她的思维心态有点帮助也未可知。

扫地阿姨应邀来到，几分羞怯地坐在我身旁，说道："找我有事吗，李老师？"

"没事，就是想和你聊聊。"我说。

我握了握她那双硬似木板、青筋暴起、枯树般的手，再望望那张布满萝卜丝的脸，掉落了部分牙齿的嘴，心颤了一下，想：才五十多一点，怎么竟老成这样？和常人的手、脸竟有这么大的落差！然而我什么也没说，故作轻松地问："听说你下班后常替人家挖花园的地种菜，有时也帮业主打扫卫生，挣些零钱。可你白天扫大园区也不轻松，下班接着干累不累？"

她真情实意地笑着说："不累，不累。这点活算什么？"

我又说："听说你一个人养了三个儿女，还个个都高校毕业，双胞胎的儿子还都是硕士。还听说你老大不满三岁，双胞胎儿子还不足月，你爱人就过世了，又给你留下不菲的医疗债，接着还要操办丧事。告诉我你是怎么苦过来的？"

她腼腆地一笑，没有作答。我又接着说："每年给孩子们交书学费，钱凑不够的时候，你不抱怨命运么？比如孩子不懂事，惹是生非的淘气。自己内外交困，心力交瘁，会不会也烦得要死？会不会也怨恨到呼天抢地地哭呢？"

我提了生活中一大堆的必然，那琐碎的各种烦恼，都足以将人融化。我此刻和扫地阿姨的对话，一半为采风，一半也为了解这个阶层……在等待她回答的同时，也有几分忐忑：不知她会说出些什么负能量的东西，会给我那位朋友以烈焰呢，还是热泪——烈焰能毁灭众生，热泪会换回春归。

原以为会听到她如泣如诉的感叹抱怨：错嫁了早死鬼，扼腕命薄如纸，比一般女人受苦受累多，切齿泪悔那段艰难的时光。可想不到的是她听了我的话，笑得意味深长。不，应该说是格外开心，有时还很灿烂！

她说："李老师，我没有文化，说不出好听的话。但我觉得为爱着的人做一切，再累再苦也不算什么。比如，我为爱人还医疗费，不怕你笑，那时做完农活回来喂孩子吃饭、吃奶，自己却顾不上吃饭。饿得不行，只能端着碗在去别人家干家务的路上，边走边吃，哄孩子睡觉就算是我的休息……虽累犹值，因为丈夫、子女都是我的最爱，为爱而累，心甘情愿。那时我的家实在太穷，得把省下来的每一分钱攒起来，还完债，就忙着给娃娃凑学费。"

我问："也给孩子喝牛奶吃肉吗？"

她说："哪能呢？一月半月买点肉都尽量地满足孩子，他们要长身体嘛！养鸡下蛋大部分是卖了，偶尔也煮点给孩子们吃。忙里忙外看着儿女们一天天长大、长帅、长漂亮，穿着雇主们送的衣服，觉得自己的孩子们也非常好看，丝毫不比别人的孩子差，我就会露出会心的笑容。

"他们读书很用功。我在灯下为他们拆改衣服、缝补书包，起早贪黑地到集市上卖菜，赚钱艰难，却很高兴，没有苦的感觉。他们小学、中学、大学都那么优秀。他们当公务员、做白领，穿得体面漂亮，出入高档写字楼或政府大院，给我和他爸争光，使我有冬天晒太阳、夏天吃冰棍吹空调的感觉。想着他们那么争气，使我有付出以后看到稻田丰收的满足！"

我说："他们现在个个都生活得挺好，你为什么不与他们同住享受天伦，还有必要干粗活、脏活，继续累吗？"

她说："我觉得养大子女是应尽的责任，母子、夫妻一场是难得修来的缘。我有幸让他们吮吸我的乳汁，是何等幸福圆满的事哦！他们父亲病死在我怀里，断气时还目不转睛地看着我，那样的不舍、专一，无限地眷恋我和儿女，你说我为他做这些不是一种福吗？"说到这里她泪眼蒙眬，仿佛陷入恩爱的回忆。

"我没有文化，也不会有要儿女报答的想法，这又不是借债还债的高利贷关系，孝顺之事顺乎自然。只要我能劳动，身体健康，我就要为自己挣社保、医保，减轻儿女们的负担。牙齿舌头都有咬着的时候，住在一起难免磕碰。两代人生活观、消费方式差异太大，俗话说远香近臭，不如学你们文化人保持距离美来得好。我要是挣钱多，就去买一套小房子，独立居住离他们不远不近；要是买不起，就回乡下翻修老宅，住在那儿鸟语花香，虽然比不上你们的洋房别墅，真山真水不也很好吗？何苦要挤在一起，像电视剧那样演婆媳大战呢？"说罢她告辞走了。

我为这样一个不识字，却能蔑视痛苦、辛劳、烦忧，把爱注入生命心田，生活得如此豁达、哲学般的女人感动。为了爱，怨恨苦累，都被自豪升华为喜悦。

每个人都有不同的排序，她灵魂的需求简要干净，哪是冰桶慈善或别的什么可比拟？她认为死去的丈夫，让她生育了优秀的儿女，使其成为完整的女人，因此不为丈夫留下的沉重负担受尽煎熬、痛苦愁烦。把儿女的成就视为自己金榜题名的荣誉。在物欲横流的现代，还能找到这样有朴素认知的女性，集德行、节操、仁爱于一身的现代良妇，实属奢侈难得。

尽管背负着压力，却有着爱比被爱更幸福的情怀。每个女人都有独特的风水，有追求跨体女王的欲望，而她却速速地结束不幸，用爱做动力摆脱困境，不让痛苦、不幸成为泥石流、堰塞湖……是不是没有文化反能轻松地做到智慧的转弯，天堂在心中的修为？

作为女性，一生劳作，用操守蹚出了一条路，使家庭于灾难中软着陆。不攀比，不去为够不着而烦恼，把人生本来残损破烂的图纸拼粘得基本完整。把付出给予，化作"愿意"……我想那支撑她的原始基础材料就是一个"爱"字。你能说那不是摩天大楼下的基石？虽然它被漂亮的大厦遮盖并压在最底层，没谁会看到，可大厦能抗震、抗压、抗风、不倾覆，不全赖那坚固的基石吗？然而它又似高扬天空、哺育万物的太阳，假如每个母亲都像慈母，洁身自好，做好本分，每个父亲都像严父，尽职尽责，这个世界该多美好啊！

夜深了，我和朋友都没说话，仿佛听到时光落地的声响。她蓦地站到我面前，伸手抱抱我，耳语道："哦，我得回去想想，是不是自己哪根筋不对……"

/摇滚仲夏夜之梦/

　　晃晃悠悠，缥缈随风，一个跟头栽进光影世界。一个小女孩儿，穿着小球鞋，在时间河里扑腾奔跑。不知是水花溅起，还是分秒嘀嗒震荡着耳朵，红领巾、白衬衣、蓝裤子不见了，替换成扎着蝴蝶结，穿着跳舞裙的小姑娘，继而又幻化成红卫兵时代，不爱红装爱武装的衣着。

　　碟带忽进忽倒，又慢慢地、快快地蜕变成另一个长裙华服时装的我。一个女童音质甜美，爽朗的读书声响起："夏天过去了，可是还叫我十分想念。那些个可爱的早晨和黄昏像一幅幅图画出现在眼前。清早起来打开窗户一望，田野一片绿，天空一片清。多谢夜里一场大雨把世界洗得干干净净！耀眼的阳光当头照着，我们在菜园里拔草……"

　　这声音不就是我们吗？老师敲着黑板说："读得不错，同学请坐下。"我几分得意，涨红着小脸，说："老师，我还可以读下一课吗？"

　　"好！那就站起来读第二课吧！"

我摇着小辫，悠悠地开始："做天难做四月天，蚕要温和麦要寒。种菜哥哥要下雨，采桑娘子要晴天。"

下课铃响了，老师宣布："同学们下去好好背诵她读的两课。下午默写，写错了就不许吃饭，不许睡觉！"

镜头切换，我坐在妈妈的膝头，听爸爸讲故事："从前有个小姑娘，独自在葡萄架下睡着了。月亮照着葡萄，映射在姑娘的脸上、身上。后来那姑娘就生下一颗夜明珠……"

我一个激灵从梦中遁逃，同夜明珠、葡萄，一起滚出来——原来自己在葡萄架下睡着了。暗笑，会不会在这个月明星稀的晚上自己也生下一颗夜明珠呢？那紫红、琥珀、圣女果般的葡萄真有葡萄仙子的灵性、夜明珠的光彩夺目、摄人魂魄的亮、倾国倾城的美、价值连城的贵吗？儿时在故事里陶醉，上赶着想去与那姑娘、月下的葡萄相会，并不懂那夜明珠系何物，直觉告诉自己那珠子因为圆润光滑就必有慑人的美！儿时澄澈的眼睛没有物欲，心，水晶般的透明，便不至与金钱、物质挂钩，仅在心中种下一棵神秘的果核：假如有一天，我也有一个带葡萄架的花园，自己坐在下面做梦，该有多美啊！

小球鞋换成高跟鞋、水晶鞋、休闲鞋，花园里有泳池、葡萄架、和各种花草树木……可是那美的神秘却不知去了哪儿。

雾霾统治了晴天，晨昏已不再油画，大雨后河里浊水翻着泡沫，垃圾漫上岸来，发出排污厂特有的怪味。田野因待建、待开发而撂荒，倒满的建筑垃圾再也不绿。一场暴雨，城市排水不畅，大量汽车熄火，堵成长龙，于是另一种景观展现，地铁看瀑布，下穿隧道赏海。无良商修建的楼房地基松软，大厦风姿摇曳……

我又惊又怕，挣脱梦境，心想，何必留恋那夜明珠？不如拆掉思维的墙壁，漫游经典宝库。从中禅悟，现代城市每个人的房子价格不菲，不等于人手握着夜明珠吗？夜晚的霓虹璀璨夺目，令小生物们不分昼夜，还需秦琼那时候盗取夜明珠做灯，为其母祝寿的荒唐吗？

今夕何夕，身在福中不知福，全然鲁迅笔下的九斤老太。仰起头看看，现在咱多阔绰，多富裕！别说一线北上广，房子百平米就得几百、上千万，就是二线城市，同等大，也得一二百万。个个百万富翁，千万富翁，好不快哉、足哉！既然个个富翁，还牢骚个啥？

是的，什么都得付代价！大家要一夜暴富，富到立于世界之林，让全人类羡煞到掉出眼球、下巴落地。那……那损失点环境、生态不是所必然，顺理成章、天经地义吗？

静谧中睡意袭来，童年的梦又拥我入怀，大家一起念课文：

> 天空为我们搭起蓝色的锦帐，
> 大地为我们穿起绿色的衣裳。
> 善良的清风爷爷为我们摇起扇子，
> 温柔的河水姑娘为我们开起澡堂。
> 啊，大地！亲爱的母亲！
> 你哺育我们成长，让我们各个美丽又健康……

远处，白云伴着歌声和少先队的旗帜飘来，还有纯粹的童声在唱："森林用树枝热烈地招手，欢迎我们夏令营。用鲜花绿草给我们铺床、织枕。湖里有金色肥大的鲤鱼，芦苇中藏着成群的野鸭，枝头有婉转绕梁的百灵……"

　　歌声消失，画面退却，醒来问自己，到底是自己在做梦还是集体在做梦。那地毯似的油菜花不再，芦苇湿地变沙尘，看不到落霞与孤鹜齐飞。林立的高楼似水泥森林，然而又是货真价实的夜明珠。神造乡野人造城，就把走过的脚印，爆发的创新通通存储在记忆银行里吧！

　　我痛故我在，存在意味着合理，呵呵……

/ 希望与坚持 /

　　自从人类驯服了火，生命轴因之拉长，继而爱迪生的灯丝又开启了日不落，地球就充满了活力与希望，等于黑夜里从此有了太阳。

　　曾读过一名女作家的文章：有个老乞丐，坚持一周买一组彩票。号码永远不变，因为那是他初恋的生日，长达四十周年。作家见他衣衫褴褛、单薄，好奇地问了一个很平常的问题："既然常年不中，又何必继续买呢？为什么不把这笔钱用来吃好点儿、穿暖点儿……"

　　丐曰："我买彩票从不考虑中奖几率大小，只是为买一个星期的希望与期待。一周内有盼头，便快乐着！"

　　期待希望是什么？潜意识里当属有一天他中了奖，那个曾因他贫穷、不能带给她幸福满足而离去的女孩，重新回到他的怀抱，圆了那夭折与青涩的恋情，那段一想便会心跳耳热的梦。可是，难道他没想过，那女孩早已嫁作他人妇，如今已晋升为祖母级，憔悴不堪、皱纹堆累，把他忘了，甚至根本就不在人世……

希望是什么？是黑夜里一盏亮起温暖关爱的灯，一弯承载着预期、实现、美好、快乐的月。山一程水一程，不必过于具体和现实，否则就显得庸俗或无趣。希望是每个人最廉价又最昂贵的、不可言状的物品，是支撑活下去的勇气、一根精神梁柱，使不合理异化为合理。在千难万险后，冥冥里战胜野蛮，开拓宇宙奥秘，朝着文明进步前行。

可是老乞丐的向往是大众化的：有一个爱人组成的家，让他从柏拉图、亚里士多德身旁走回去。当然，好丈夫，好太太，是稀缺的神恩。管他围城，号角未停，烽烟不止，海陆空航母同上。阴谋论、阳谋论、交易论，锣鼓喧天。为钱权色争斗，热闹不逊华尔街……虽然如此，这七十亿人口不"依旧依旧，人与绿杨俱瘦"？继续着风雨兼程。

我奇怪、惊叹：什么力量泥石流和泱泱洪水决堤般使其势不可挡，使人苦心孤诣，不算日期、不顾年头地被追迫于重围中，杀进杀出呢？也许是简单的希望，遭遇利益、物质、财富的裹挟，进而又被权力阉割。于是希望就以气象万千的姿态、夸张迥异的样貌、音韵走调的怪状出现。使其本来只需红绿蓝扫射大脑，就会让身体器官记住时间的情形，发生剧变。

不知是否心有旁骛，一下联想到 Coco Chanel，被艺术家男友指责"你那个不是艺术，顶多就是一个电脑版"的言辞所伤害……毕竟 Coco 踩准了战争年代的节拍：男人们都去打仗，家中男装无人穿，可家里又没有主劳力去赚钱，因此女人们必须劳动。要生存，女人们必须从束身裙获得解放。当这样的迫切急需变为现实，被 Coco 所捕捉，这应景应时的简单设计反而成了不朽的经典。

Coco 心理强大、人格独立又不怕输的性格，所以建造起希望的帝国。我们则是普通人，前沿潮头，资本龙卷，气吞山河未必把握得住。小小心愿，便是有份职业，由配偶子女组成的家庭，便是最基本的幸福代码。

然而因为空调忘掉季节，灯光忘掉昼夜，盆景忘掉原野，喧闹的噪音被误认为交响乐，把非诚勿扰错认为百老汇。顶着一头苦月亮穿梭时空，看不到赋予灵魂的镜子投影反射过来的自己、不同时段的亲切童真，以及被后来不断扭曲变形的脸孔，分不清我是谁。于是将质朴的初原摔得粉碎。

老乞丐忍住饥寒，四十年每周买彩票，靠得是一个渺茫失重的幻景支撑，可贵的愚拙坚持。相信只要他一息尚存，将永远买下去，使那个驻留他心中的梦永远依偎着他。

Coco 的帝国，之所以成为名流们追捧的时尚，不也是不惧贬损为电脑版的觑看，不怕输，坚持了才使希望变现的吗？其实当时的 Coco 也是很贫穷的，千方百计拽住为她投资的人不放手，才有了让人艳羡的后来。

其实从精神层面来看，艺术家、乞丐与时尚、奢侈都是同等的。不过是时尚更具实用，可穿戴的功能性吧？这又恰是与纯艺术有实质性的区别。

有教大学的朋友告诉我：每年都有一些学子因这样那样的不如意，不顺心，当然更多的是情感与物质问题而选择了跳楼……不管有多少种理由，了断自己都是对亲人的背叛！何以至此？是不是也有支撑坍塌、梦破碎的缘故？难道同千军万马冲过独木桥，当年的挑灯夜读备战备考，就为了今日这一跳？

假如他们有一点点老乞丐的坚持，Coco 性格中硬核的不怕输的努力，还会有短浅的眼光、调不高的视觉、狭隘的胸怀，轻易走极端吗？感情可塑造人，也可摧毁人，如同希望。既然我们已是火的主人，又是现代学子，怎么就做不到自然进出希望与情感呢？做不到把删除痛苦的键按下，把实现的可能性一个个往下拽，使自己被垫高、支撑、接地气？如果是因为贫穷而选择一跳，长者是不是应该告诉他们："其实富裕、奢华是成长的陷阱。独木桥都过来了，那么多冬天已经走远，灿烂的春天还远吗？不切实际的希望，仿佛游走太空，会飘浮失重的。过来人朗读一首词：'一蓑烟雨任平生，也无风雨也无晴。'是痛后境界升华。人家老乞丐以彩票寄托相思，满足其心理需求，消减愁苦，他又读了多少书呢？"

伟大与平凡都只在够得着的时候才能开出红色的玫瑰，一切太顺，碰到钉子后会更疼，不是吗？细细品来，老乞丐与Coco 都情商不凡。是不是可以做我们的榜样？

/大战夜来香/

"那南风吹来清凉，那夜莺啼声细唱，月下的花儿都入梦，只有那夜来香，吐露芬芳……"

夜来香开起来却以台风过境、浩浩荡荡、铺天盖地、劈头盖脸、揪住你嗅觉、味觉不放的气势。它从不肯以草木们惯持的温婉柔情、欲说还休的千娇百媚，而是用泼辣奔放、炽烈似火、林肯夫人似的悍妇、悍姿来展示浓压群芳。为扩大版图、延长半径，将自己的香气和盛放由盛夏时节推进到深秋和初冬，用气味统治整栋别墅。

园中的香花其实不少，时令的茉莉、栀子、桂花、黄果兰、百合都算是以香著称的，可是跟夜来香一比都只好俯首帖耳、拱手称臣，接受其统治。它们的香高贵优雅、哀婉矜持，即使芬芳到沁人心脾也是缠绵悱恻、彬彬有礼，远没有夜来香的泼、野、霸道张狂。不像夜来香一下子扑上来，野狗似的叼住你不放且没商量。

我常在睡梦中被花儿们争奇斗艳的吵架声惊醒。那些只有颜色没有香味的花，如茶花、玫瑰、蔷薇、玉兰、杜鹃等都被它一脚一个地踢出去，还听它叉腰挺胸做着鬼脸，把那些娇艳动人的花骂得只敢怯怯地低头回嘴，完全一副只有招架之功没有还手之力的态势。

贵妇千金和穷山村的野丫头吵闹打架似乎占不了上风——她们怕自己的尊严被不拘礼数的恶姐儿粉碎；身上的华服珠宝被野丫头扯烂、撕碎。因为顾忌所以总吃亏。那些高贵优雅们也曾想团结起来成立一个什么约、什么协的组织跟野丫头、恶姐儿斗。可是无数轮上下院议会，会而不议、议而不决，终无结果。给夜来香赢得了积蓄能量的时间和机会。

于是夜来香以放射状、裂变式使自己繁茂兴旺，以竹子似的每日长三十厘米之强劲势头往树上缠、楼上爬。头顶灿烂星空，耳际里响着白昼蝉歌，在鸟儿呼噜呓语里即兴盛开。尽管它香得粗嘎浓烈，母狮一样音质不美，却什么都不在乎，没心没肺、大胆性感，要疯狂地占有你，那集约、亢奋、野蛮女友般超出你承受极限，要填满你的所有空间。

高贵优雅们眼见这恶姐儿、野丫头频频上下金马车，独霸江湖良宵，臆想控制所有暖男，大为恼怒。然而却因礼仪操守，羞涩克制，束手无策，只好无可奈何地悻悻然。致使夜来香得寸进尺，有恃无恐，毫不收敛。从盛夏延展到深秋、初冬，那些高贵优雅的百合、芙蓉竟甘愿当起低头屏奴一族，过起躲进小楼成一统、不问是非的生活。

没想例外还是出现了：那芳香魁首的桂花，竟一马当先偷出豪门，以千金之躯不甘寂寞平庸地挑战夜来香。桂花喊着："野小子，我可不怕你！我要捍卫正义、秩序、平等、自由竞争。"

就这样，它们间开始了华山比剑，少林肉搏。彼此都用上了剑走偏锋、兵不厌诈，这样才开启了协商、谈判。桂花不允许精致的残忍、嚣张的卑贱，压倒群芳，独领风骚。条约划定了边界：夜来香不准越过昼夜，给群芳留出一片生存的空间。

最后在群英的呐喊助威中，夜来香答应给温软糍糯、嵌入灵魂香味的花儿们共存亡的机会，给这场芳香大战画上暂时的休止符。一切得有秩序、按规则，不可乱扩张，不能为了头上那一圈光环，使人生、花生无处不战场。秩序使所有嘴唇都能吐出优美亲切的花语，使所有自由、和平得以保障。

桂花是英雄的，它用英雄的行为写出了壮丽的好诗。它是集才貌于一身的好花，所以有资格威立在朝霞晚霞中……

/音乐之声/

一

世声退潮了，那黄得炫丽、温暖、热情、帅气的柠檬在夜灯的书案上发散出特有的芳香。伴着曼妙，翩翩起舞的乐曲，这颗世俗的心在音符和和声颤动中陶醉。不去轰踩油门，尝试体验着刹车时滴水不洒，悠悠滑动在澄澈、隽永、低回绕梁的回肠荡气里的惬意。

灵魂带着香味回来依偎我，和我一起在这深秋的深夜共同重复欣赏这支素来钟爱却不敢常听的曲子——《友谊地久天长》或者《魂断蓝桥》。不过自己绝不是乔布斯那样的大咖、怪葩，以高冷傲骄捍卫一意孤行的孤独寂寞。至于是不是由音乐联想起电影中马拉的车轮之死、感叹什么、怀疑生活，说不清。有哪种艺术手段能精准地表达所有呢？

这情绪宛如老式唱机的唱针陷在片槽里出不来，专注不了焦点以外。回放到十次就有了想唱想跳，想哭想死，仿佛到了冲动与凄哀的临界点。脑海模糊，歌词混乱，像月儿忽明忽暗在窗前荡漾："友谊万岁……让我们举杯……让我们紧握手……游荡在青山上……"切换成"恨今朝相逢已太迟，今朝又别离，恨重如山，命薄如纸……白石为凭，明月为证，我心永不移"。

二

一小时、两小时地听着，自己就在乐曲的引导下穿越一条条时光隧道。小提琴优美的呢喃似女童甜蜜的嗓音，踩着碎步蹒跚奔跑。望着时间急水从身旁流过，则映射出虽不金色却总能在跌倒后、打架后、哭闹后迅速忘掉并重新欢歌笑语。啊，没能从哲学佛理中禅悟无知无觉的幼年！

萨克斯领衔，一个穿着花裙子、花布鞋的小女孩跟着那如泣如诉的音阶一步步迈进背起书包上学堂的童年、少年。

中提琴、双簧管浑厚，慈母般托举我，爬在旋律上，拭干哭红的眼睛，半知半觉地跨入似梦似幻的中学隧道。这段对我说来实在来之不易的中学隧道，竟为我开起一扇知识大门，使我有了修行的地方。倘没有这段里程碑的经历，我哪有拨云见日，切准时代脉搏，合着大潮鼓点跳探戈的机会？哪有以后创造一个个新唯一的机会？至于"会当凌绝顶，一览众山小"开阔的视野，以及"星垂平野阔，月涌大江流"的胸怀，便只能存于爪哇国了。还想从挖掘人性，找出躲避人间悲苦的能力就更无从谈起了。

三

小号、大提琴犹如一对婚姻不和谐的夫妻，既高亢又低沉，相互撕裂又相互牵手地将豆蔻花季的我推进了另一条艰难隧道。

到底年轻，无论每日要面对多少惊心动魄的不幸，依然能从叮叮咚咚的吉他、手风琴淌泻出的欢快旋律里擦洗掉心中的哀伤。少了尘垢，又有高山流水，便不致伯牙碎琴。与此同时还历练出屏蔽痛苦和不幸的能力，从生活的重量中将艰深晦涩提炼出单纯，又在唐宋群星和更早的先贤处求得悲天悯人的爱，并配上格斯塔心理、豁达平衡的心态将仪态万芳展示。软着陆，再受伤，也不会错位到不堪。

四

美似叶上露珠抖动、小鸟弦上跳跃、依稀蝶舞萤过、吹弹拉的唇指间。

这混声是天籁还是地狱之音？碟机放响的是《友谊地久天长》还是《魂断蓝桥》？忽远忽近，忽大忽小……

一会儿，在掌中的屏幕间被这控、那控肢解得魂也悠悠，梦也悠悠。弄不清是穿高跟鞋走路还是在现实和梦境间踩高跷，好像自己跟大伙一样被大数据脱得一丝不挂，不再有隐私。

不经意误打误撞，又被飘摇的乐涛送进曾经的江湖职场。于是纵马驰骋，为自己，为员工，为生存，为患者惨烈的厮杀、恶斗、博弈……不为竞争，不为发展，无法创新，而只为无数要满足私欲、中饱私囊的官员们饕餮的胃口，为他们强争利益设置的无穷障碍，疲于奔命，无泪可挥。只得使学术研究，技术发明，让位给贪婪。

在最后一次杀入千军万马，取了上将首级以后，解甲归田。换件马甲，"向腐败投降"，简单质朴的理由：这里水太深，婆婆们太黑，使非吃水很深的巨轮不足以抵御风浪。君不见早期民营医院的弄潮儿多已远走他国，只恨自己才疏学浅，智商、财商、情商太低，未能极目远舒，谢绝了异国伸来的橄榄枝。感叹时也，运也，命也！无奈只好匆匆逃出隧道，淡出江湖。

如今常对数度上门来请的达人曰："本人既已金盆洗手，就要坚持既独立于江湖，也不委身官商。再去管理医院，自己太原则太讲良心，赚不了钱，对不起股东；赚昧心钱，又对不起患者……亲，有太多狮子要喂，我不是孔明，别隆中对了！"

五

退下来，生活发生了一系列的变故。真所谓天命恍然！花了很长时间去求索，领悟只在一瞬间。即使华丽转身不圆满，果子丰硕也未卜，但因为自己努力进取不停歇，是一定可以常青的。

从读海、读天，读人与社会，燃烧往昔，沸腾热泪。进而挣脱束缚的网，让自己活得更像自己。知道把理想变现握于手中很难，但在外套内衬上防弹衣，继续用责任感与爱心碰撞，或者还是能点着浇灭的良善，使其重新辉煌的吧？颓残的精神河山总该有人修复，或你，或我，或他……

六

离开时光隧道，是机器发热卡带了。我也从浩瀚的时间海洋里穿过，哪有解不开的死穴和逻辑硬伤值得在乎。

子夜时分，朦朦胧胧到花园的摇椅坐定。野草唱着自己的歌，星辰享受着天际的广，彼此照应，相互闪耀，证明着友谊地久天长。

我伸展腰肢，将胸襟置放于天地，让明月朗照。意识到一管在握，拓展着生命宽与厚，洞悉了许多事物看似无关，其实互有因果。就像七个音符，哪怕改变一点流程或细节，曲谱会大相径庭。为什么不用好的结构承载朴实情怀、纯美友谊呢？在篮子的青菜上，缀几枝娇艳玫瑰使之有品位的温情战胜冷血，但愿这不是桥段而是常态，世界该多美啊！

夜风清凉，摇曳了树枝，摇碎了月影。裹紧罩在长裙上的披风，从静谧中听出静来，轻轻地拍打满身的月桂，嗅着衣扣的花香，好不惬意！

若是还跻身名利场，在熙熙攘攘河畔垂钓、捕捞，将招致粗砂大石磨锉，能感受竹影参差、浓淡苔痕、花开的声音、微风穿越指尖的妙曲吗？有作诗写文的心境吗？

窃笑间顿悟，原来好车、次车均可加速。好车能做到刹车时平稳到滴水不洒，成功与优秀的境界就是能懂得何时该刹车，怎么用油门。拿得起放得下乃真俊杰。从积弊浊污中拔出腿才有幸朝拜肃穆神性的光辉。哦！音乐无界，无界音乐！

/原谅秋雨/

一

不知道为了什么，我喜欢秋雨。尽管连绵不断，路面因之湿滑，交通也些许不便，可我仍旧因其像多情的软妹子，缠绵、絮叨、娇滴、轻飘飞扬地散落，还同时能把均匀的深情滋润、婉约的绵绵爱意分配给世间万物，而喜欢。

住别墅，就为享受阳光，享受风雨。我站在露台，赏雨雾中的花草，朵朵珠光宝气，身披雨滴制作的斗篷，娇羞、默默地媚态。前行几步到栏边远眺公路立交桥，红尘滚滚的车流；埋头近观，园中半亩泳池，睡莲南柯，锦鲤畅游。狼犬顽童般淋着雨，在乔灌间奔跑，不时地示好于主人："我在忠诚地守护你，安心做你的事吧。我们不会同吃狗饭的小鸟打架的。"

狗儿们奔跑间隙，仰起头来朝伫立雨中的主人笑笑："我们很乖，谢谢你给我们的安宁、舒适与温饱。"

我喜欢杜甫雨脚如麻未断绝的诗句。心想：下吧，只要到处是广厦，不再"茅屋为秋风所破"。时代不同了，风雨也可爱！它洗净树叶花草，冲降尘埃，驱散雾霾……

秋雨没有夏日暴雨的澎湃、壮阔、放荡不羁的粗暴，可一样有枕边言，情边语，秋虫呢喃，秒针不惊梦的缱绻；水量虽不大，依旧能给江河补水。犹如我们热衷照镜子、自拍，有脑补的妙用！

它轻柔娇弱，没有震撼力，湿润着可以的湿润，不去管变不了的磐石。因其当量有限，是污浊的江河依旧黄涛翻滚，做不到清澈。于是，我咬唇骂自己：别用汇集天空的电波做眼睛看世界了，在普罗大众的喜好前，什么不崩盘、不颠覆？

可耳闻那不顾公序良俗的脱光与众目，只为免单穿走衣服。蒙尘的羞耻心，用什么能洗净？至于附着了厚密污垢，集万千丑恶于一身的灵魂，纵然有夏日暴雨，是不是就能冲刷干净？更别说细若游丝的秋雨了。

二

一阵阵催命鬼似的彩铃，迫使我穿过雨帘，回到书房！感叹即使人在深山更深处，或者干脆瓦尔登湖，与梅妻、鹤子、纸屏、石枕、竹方床为伍，也难逃脱时刻追踪你、纠缠你、热烈爱你如初恋的各种广告与垃圾诈骗信息！唉！资讯如海，如海资讯。

临窗小雨，重读《喜雨亭》，叹曰："今人不知古时雨，古雨依旧淋今人。"顺手一推，竟将托翁晚年为救赎自己写的《复活》，掉到地上。名著也罢，经典也罢，都得让位给 WiFi 与微信！

愿意不愿意，一条条新闻扑入视野："河南某县，一供电所长撒野 KTV，拉闸停了半个城的电，达六小时之久；江苏某地毒水排农田，使农民颗粒无收；因为超载，高额罚金，多位司机先后服农药……"

别的按下不表，我是做民营医院的，这里且说电，深知当年电老虎的威力，它们常在我们手术一半时停电，医护人员慌忙向我"报警"。仓惶中，只得蜡烛，电筒齐上阵……不知花了多少钱，送多少礼，烧香拜佛，叩头求万岁爷送电。不仅是照明，夏季降温，冬季取暖，检查、化验、抽吸脂肪、妇产吸婴、激光手术、整形手术、泌尿手术……都不能因没电半道折回……

我在秋雨淋湿的窗前，轻轻地想：一个国度，假如只有财富者方有话语权，所有事物争着跟利益最大化联姻的时候，那么纯净的善到哪里去提炼？

可以爱梵高的《星空》，他的《罂粟》和《雏菊》；谁敢像他那般超越现实？我在楼上看雨景，别人在远处看我，当我们彼此装饰着梦境的时候，无论劳力士或以色列最古老的沙漏，都在时间上离戏和梦一步之遥！那些咬人的狮虎，是否只在剧目中让人垂泪？

多想沉浸于一个美到不愿醒来的梦里，忘掉人间，只让河水流淌，诉说历史，鸥鸟一样，南移北迁……

/浅谈剩与单/

一

从震撼的《星际穿越》轻轻落地，依旧被永恒与生存引力紧拽。那些在苹果上被凿出的虫洞太远太远，而负能量大张其口，想要吞没人的黑洞，却防不胜防的无处不在。心想：即使全人类突遭重劫与时间环连为一体，一颦一笑的回首间真的浮现也许会有影片中英武神明、坚毅果敢的宇宙英雄营救众生，管它虫洞、黑洞，就留待科学牛人去探索吧！

我非无骨无肉的先知，被体验、感知及伸过来的友情之手和有温度的心语牵引，还有那珍珠白，冰晶透，佛拉明戈红，耀色黄，纯净蓝所诱惑，当属不可免俗之辈。

在冬日暖阳的午后，手捧香茗，惬意于诗人千年不老的朝霞年龄，在三色支撑的宇宙与高士徘徊、美人眼语。乐韵重彩的同相爱、可爱，天上重逢。人间流盼，贴近着梦——尽管不现实。

很享受练就出心理脱贫、百步穿杨的红尘距离。欣喜，终算在摇篮、墓地间洞彻了生命的剖面，从繁杂纷乱里夺回了自己。唉！本以为可以来去无牵挂，便能潇洒地说："不必用解放人类的计算机，就用原始的算盘也基本可以帮我跟过去的所有做个清算……"

然而只要谁指尖一动，或触或按电话咨询，便将你陶醉的顺境逆转，使柳浪闻莺乌鸦，歌月夜游翻船。于是明白：世间绝无蓬莱岛，即使掘地丈余假黄泉，你也休得躲猫猫，活着便无处逃遁。别人的、自己的烦恼，永远爱你如初恋。

二

尊贵的长者说："一对高学历的孙儿、孙女，老大不小却不愿嫁娶，他们方法、语言穷尽。以致非要我到深海探宝替他们问个究竟。"

对这类事，我本兴味索然，心想：先答应，然后玩个拖延症，也许……不料，又连追几个电话过来，因此叹曰："到底不是80后、90后，没那份蔑视权威、长辈的胆略，只得违心复命。"

我和他们的孙辈原就是朋友，对其做派了解、理解并赞同。想来想去只好把来意向他们托出，之后又将搜集到的情况把他们的所知、所想用硬方法、硬着陆，再去李兴平处偷得，将之罗列并告知长辈。

三

（1）坚决抵制家长们直升机式的盘旋、监视、干预，因此把他们的名单拉黑，以免扰乱其兴趣与价值取向。

（2）不去他们安排的相亲与征婚，对早婚早育不妥协、不屈服，抗争到底。有的闪婚闪离还留下可怜的孩子简直就是作孽！他们说："君不见领证的队伍，绿本总长于红本，何苦去凑数呢？"

（3）婚姻不但不能让事业、生活天堑变通途，一不留神，被老君掐指算错，突变为火焰山悲剧，使人生端口增加负数。这样有何价值？莫如独处，活出精彩、质量、真实，反节省能量。一手兴趣、一手事业都能开出妖艳的花朵，既如意又不累。

（4）其实他们并不排斥婚姻，随时准备着谈下一场恋爱。但不愿互啃算计，使被窝未热已孤客天涯、彼此陌生。将璀璨的婚礼沦为稍纵即逝的昙花。同时又为子女、财产真假，情感出轨，法院侦探，弄到鸡飞狗跳、肝胆欲裂。

（5）花了时间、金钱，尤其是真爱，牺牲了理想、追求与性格，使本可冲天一飞的大鸟粉作一地鸡毛，他们容不得不舒服的鞋子。因为不舒服就不是爱情，是脚镣。

（6）社交成本低，心理距离远，相互设防或各自只关注自己的朋友圈……高科技改变思维，改变工业和商业，似乎也颠覆了人际关系，包括神圣的人伦。所以恋爱婚姻成本过高、过昂贵，在没有感觉、不成熟的情况下不必冒险一试。他们认为婚姻与生育关联已不如往昔那样隆重庄严，精子卵子可买也可自己储存，只要愿意、条件成熟，这些事都可以一蹴而就。何必放弃好恶与升迁的机会，屈就于一场不确定的赌博呢？又不指望养儿防老。

（7）时代飞速，"婚姻制度究竟存续多久？"这个姑且要留给学者探讨、时间证实。至少年轻时该享受的乐趣、想去的地方、想玩儿的心跳，一旦被家庭琐事困扰于意兴阑珊的不得已，岂不也是遗憾和悲哀？

（8）接着又列举了几多各界名人、王室、演艺界、政要、大咖们……凡此种种负面的婚姻状况。认为这些人尚且因婚姻有粉身碎骨、摘心取肝的痛悔，那么普罗大众，类似的愁与泪更是滚滚长江东逝水，千里滔滔、万里扬波了。

四

夜晚，我把搜集来的观点梳理后加上自己的看法再次说与长辈——当然对认同说 yes，反对说 no，需要强调的是独处也罢，婚姻也罢，都是个人的选择。雨后霓虹，七月巧云，各有意象，一切顺其自然，家长朋友无须给别人贴标签。

爱情必须与时俱进，现在已不同于宝黛莎翁时代，尤其是崛起后的中国女性，受教育程度颇高，完全可以与男性高段位过招，且少有废招。比拼时大多司空见惯，女性经济、精神完全独立，不再只从属某某或家庭，生儿育女基本自主，何苦担心剩下之说。

有一种言论以为，一旦剩下或单身，即使优质也难适配，只好成经济学上的次选择。有这种推理，就使许多家长惶恐、纠结、慌乱到惴惴不安，纵使不想逼婚，到底意难平。

五

婚姻是什么？肯定不能简单视为繁衍子孙，它是最高人伦与文明进步的体现，是稳定社会的基石。必须因爱而结合的家庭才是道德和幸福的。

然，爱人绝不会是前无古人，后无来者的绝唱。个见，婚姻像一列货车，不能承载太多。若超重过度，方向盘、刹车也会失灵，不是吗？否则，只会念天地之悠悠，怆然而涕下了。

不过要看到中国式的"剩男剩女"，在附加了太多的房子、车子、位子的十字架，绳索外，多半还有恐惧焦虑致使人防御过当，很难将心灵调至正确档位。就算你在影视剧里被抛头颅洒热血的爱情场景，感动得一塌糊涂，一旦面对现实的物欲、肉欲的泛滥，也只能一叹三唱、无可奈何。似乎神州无净土，找不到可练就精品真爱的道场。人就在伤感错过中错过，寻不出可供温习爱情之美、亲情之暖、友情之贵的地方。

六

一轮轮科技革命，商业、工业瞬息万变的当下，大咖们个个是玩资本的高手，众筹者无谁折腰。他们不缺钱，缺的是判断，婚姻何尝不是如此，否则又何须牧童遥指商学院呢？

稍稍深层次剖析，爱情与婚姻本不能画等号。就一般又一般而论，经营好婚姻需要两位主角心有灵犀的默契与配合，两人的认真和用心决定了给人生增分或减分。好比人生的其他节目一样，不同的是没有导演和剧本，无数机缘巧合，偶发小概率的不可控，导致了左转、右转甚至翻车和坠机，难道我们偶有空难就选择骑马？舒马赫车祸就退回去坐轿？总期待有一潭净水赐我们安好。

什么都有盲区，唯一能做的是以平常心应对悼秋之哭、藏诗之痛、埋春之哀。没有绝对的完美，只有相对的好与不好。有时候一连串的正确合成的往往错误，无数次努力换不来成功，美好的愿望结果相反。怎么办呢？哀叹优质男女因剩、混搭、错配就止步于爱的追求吗？还是一弯鸥鸟任去留，让该来的来，该去的去？不必把婚恋解体视为战争、瘟疫、洪水猛兽，不要被一些机构预测以后复以后，结婚的对数将比现在降低三分之二以上而缠足退缩。

要相信出神入化，优质偶像的爱情故事将越来越少。社会结构、人与人交往社区，因多级多元日趋松散。二人间心猿意马，黏性度递减，忠贞到常存抱柱信、望夫台的意气如虹已落花流水春去也，我们何苦像闺中少妇秦香莲、宝黛那样不适应不合作呢？反脆弱乃是王道。

大胆尝试，直面体验成就了马云、雷军的基业。而马、雷前面不也横当着不可测的未知吗？人生有未知才有美感，不是吗？敞开心扉，勇于接纳，幸福定有来日！

综上所述，婚恋、独处都是一种态度，一种生活方式，只要个人喜欢就好。单，要单得贵族、绅士，风采翩翩。剩要剩得精致、优雅，怡红快绿。把日子过得金光闪闪，花有清香月有音，自信天生我才必有用，切莫迫于亲人压力，委屈地去完成一场仪式、一场盛宴的表演，致使婚姻烂尾，在虐脑、虐心中挣扎、凑合，苟且于泯然中庸，磨损了生命。一定要听从内心的声音，遵照个人的意志，过想要的生活。即使金樽空对月又何妨？只要生活俊秀灵气。

/ 给我答案 /

一

系好安全带，弟弟过来把我送给父亲看的西班牙画册放在我腿上，平静地说："他用不着了。"画册被风翻动，一幅幅画面不自觉地映入眼帘。

坐在车上，大脑一直空白空转，对于一个物欲情欲都基本做得到断舍离的人来说，应该没什么密集恐惧症了哪怕面对莲蓬、肥皂泡、奶酪一类的孔洞。不过当我们步入索菲亚博物馆，遍赏了戈雅、波斯。那些死亡、战争、英雄、美女、热烈、灰暗、压抑的艺术并受到感染，同时又从他们大胆疯狂，超现实的想象中找寻到随时间智慧，更光艳炫目的氛围。又因心理暗示而释放，似乎俗世规则便可以超越不重要，我在找支点，落点。这样便不至像今日股市暴涨如疯牛，股民却缕缕踏空。

我搞不清自己怎么会把艺术与健康完全不搭调的问题放在一撮思想里。我想大概健康与精神对人类还是重要的。因为它关系到生存与生活的质量。自己的家到了，我人坐在车上发了好一阵呆，自问：我是谁？从哪儿来？直到狼犬嘶嘶叫着过来示好，才让我回到现实，使我的心和脚一起怅然落地，偶然一瞥大张口的石狮子，发不出声的窘态才想起刚才去病房探视父亲。

回到书案，把下午绞碎的心摊平熨帖，斑驳的树影同夜来香的芬芳一起冲进屋子。深吸一口气的我想跟精神神经科的朋友一起聊聊老年痴呆症，聊长寿对人类是魔咒、惩罚，还是真的很好？可是号码拨到一半便被烦乱、焦虑、茫然无奈的揪心拽回去，身不由己地踩上时光机返回到下午，随父亲碟带病中旅……

妹妹说："他不吃药，闹个不停，你来哄哄他。"

我"嗯"了一声，努力挤出一点笑意朝老爹喊："嘿，老爸我来了。"

"你是秋翁遇仙记的哪一朵牡丹？"他问。

"我是大女儿那一朵。"我说。

"大女儿叫春虞，你不是。"他又说。

"你乖，快把药吃了。"

"大女儿是很会唱歌的，你要陪我唱歌我就吃药。"他说。

我无限酸楚地随他乱唱："母亲叫儿打东洋，妻子送郎上战场……我们今天是桃李芬芳，明天是国家的栋梁……每一寸土地都是我们的，谁要抢，我们要和他拼到底……那篱边的愁菊，空亭的落叶，依旧是当年的情景……有饭大家吃，民生第一公……"

"好了好了，吃药吧！歇会儿，我唱不动了。"我拉着他的两只手，妹妹给他喂了药。

二

他只喝了两口白果煲的鸡汤，就摇摇晃晃地站起来，轻声说："我要赶麻雀去了。你们带上盆子，敲响点儿，一起去。"

弟弟说："这大冬天的赶什么麻雀。"

"不赶麻雀，粮食被吃光，你会饿死的！……"

"趁现在还有点儿太阳，我们推你去逛几圈吧。"我说。

"好！那你们把奔驰开来！"我们答应着推来了轮椅。

他又说："大女儿你还记得我给你讲的故事，天之第一号不？"

我赶忙打断道："记得记得。"于是我乘着思绪的翅膀，飞回到遥远的少年，其实是爸妈两人在对讲，我在听。

故事的情节大概是扎着大辫子的卖花姑娘在日本什么将官轿车经过的地方，用现代碰瓷儿般倒下，花篮摔得老远，花朵洒落一地。姑娘尖叫着蜷缩成一团……那日本将官咕噜着停车跳下来抱起受伤的姑娘（那就是国民党安排下的间谍）。

姑娘清纯可人，迷倒了将军，冒险弄到了不少情报。很多场面惊心动魄，直到最后暴露被枪毙。好像电影的尾声是她的心上人到墓地为她鲜花，哭拜……

我那时小学五年级，不通世事，好奇地问："那姑娘漂亮吗？"

"当然非常非常的惊艳。要不怎么是天之第一号呢？"妈妈说。

"日本人是爱她的漂亮还是因为撞上她内疚？"我傻傻地问。

"女孩儿家懂什么！"这是大人们穷词和理屈惯用的杀手锏。

现在想来问得多可笑，人性使然，美是激活人性最隐秘的柔软，美也使性激荡。

忽地，老爷子又开始唱起："你挑着担，我牵着马……"边唱边口齿不清地说："你挑的不是董永的水，是打小鬼子的炮弹。我牵的马是用它去牵引炮车。慢慢走过悬崖边，要是马失前蹄我们大家死了不要紧，丢掉了打日本的炮是大事。你们懂吗？"

我们连忙说："知道，懂了懂了。"

三

几个小侄儿、侄女跑来叫："爷爷，爷爷。"

"不要你们，不要你们，你们是红卫兵！"他两手比画着，朝空中和地上抓着，"我这儿没枪支弹药，没有反动证件，我交代我是炮兵团长，你们挖吧，水缸和灶台下什么都不会有。"接着又指着侄儿说："我可以跟你们去游街，别打我的孩子。他们都是新中国生的，红旗下长的。我跟你们上山改土去，我一定好好劳动……"

大家问我："什么叫改土？"

我说："大概是要在石头上种庄稼，就把山下的土担来堆在石头上。"

"以后呢？"弟弟问。

我说："听说不等山洪，只要一场场大雨把泥土冲下山，就把田里的庄稼给埋了。"

弟弟说："那不是耗子骑摩托——不懂科学的恶搞吗？"

起风了，天色渐晚，我们将老爷子推至电梯间，几位保安过来帮忙，他又在轮椅上高声喊我妈的名字："君，君，快把口罩给我戴上，否则乱鸣乱放是要戴帽子的……"

年轻的保安问："这老爷子在说些什么？"

"他胡说八道，你们就当没听见。"我说。

折腾了半天，我们都有些累了，把他抱到床上，想让他小睡一会儿，见他嘴角浮出微笑，我们有说不出的难过。

二十分钟以后，忽听他在床上高唱："英特纳雄纳尔，就一定要实现……"

众人终于在这下午有了一次集体破涕，分不清是泪是喜。

四

伟大平庸，圣人凡夫，都逃不脱风雨岁月对生命的剥蚀。可是最让子女们放不下，丢不开，招招被动的不是常人遇到的困境。而是两位老人固执、倔强、拒不配合的节俭。父亲脑子退化，也是今年下半年才飞流直下的，而他们的不合作则是由来已久。

他们身上的淳朴、善良、忠诚、厚道、吃苦耐劳、诚实守信，已深深地烙在我们的生命里。可惜达观这点，我还是逊上一筹的。这也许就是我在他时光机的碟带中总是哭不出，说不清，痛断肝肠的缘故。我没有孤城溃守的坚毅，没有弃旧图新的网络思维，只好在他投笔从戎，率兵打仗的冲锋陷阵里接收日本投降的威武中，在被各种运动折叠弯曲，受尽凌辱的偷生中唏嘘。当然还有灯下围炉，风雨中接送我上学放学给我们讲故事讲历史，讲鱼米之乡的风土人情，讲我们闻所未闻的趣闻掌故。于是，我来来回回，寻寻觅觅，想找出那个真实的血肉丰满，有性格的男人——父亲。可叹春来春去俱无踪……他是随波逐流去了哪里呢？我想，在他历经摧残还能开朗大笑唱歌，唱戏，被现实扭曲糟践还能如粗布外套上钉着的钻扣豁达闪光慰藉子女，让那些"臭知识分子"们有空来我的灵魂补水。我努力想把他的几个阶段切换到现在，终未成功。

我在悲哀中想起往事，那时我正值豆蔻，前途未卜，命运多舛，早熟必多愁善感，为自己、为家庭、为车碾马踏的那年那月。过于文青，幼稚，是不足应付凛冽北风的。父亲尽管被贬至底层，仍旧很男人的有逆流而上的魄力和智慧，同母亲一起，燕子般衔泥浆造新房，硬是从柴火堆，锯木屑里面找出木条，在透支体力和精神的煎熬下用钉子、榔头把空空四壁的家重新"装点"起来，使雏鸡不致冻饿而死。父爱像一口深井，哪是随竿沉下的筒可以测量的。

现在大家用暖气和空调，可是我认为父辈更像烧柴炭的炉火，炉火不但有光热，燃烧起来还会发出鼓点般的爆裂响声。偶然跳出来的炉子的火花就像他们在发脾气，发牢骚。炉火是有性格的，而暖气空调则没心没肺，没皮没脸。

五

光阴的河床里淌着岁月的泪，我们在慢慢成长，著名的画家，教授，闲坐论古今。青菜汤围炉饮水，凄风苦雨中有融融的春，亲情的暖，友情的贵，渗透在生活的缝隙里相互支撑。

大地回春，千树万树桃红李白，儿女们因好政策蹦出逆境。事业风生水起，尤其是我们为老人赢回了尊严。下一代用进取奋斗回馈了父辈们坚毅的精神长宜子孙。他们也从我们的光环中分享了喜悦，感知了不同时代，汗津津的挣扎和揪心。

因为时代特殊，他们已被生活裁剪成菱形、等腰三角形各种怪状，精神也同样被利斧剖为几瓣，我本想抓住裂缝的端口将其拼接。可每次都力不从心，深为失落。

傍晚，我告辞的时候，父亲双眼噙满了泪，嘴里含混不清地说着我们听不懂的呓语……夜深了，那颗颗泪，依旧铿锵地落在我的心上，如同对他老年痴呆症病例的一声声叹息。

医生说："只要是他们那个年代的，不管哪个阶层，老人们的症状大多相似，忘不了过去，又不能自我刷新，很难与现代文明对接。在新与旧的价值观碰撞中，做不到心空清零，所以就只有所以，于是就只有于是了。"

六

我更焦虑的是当得失对年华老去的人不再重要，重要的应该就是健康。否则长寿就没有质量，没有意义，不是吗？

当年少不更事的我总以为父辈如三头六臂，即使病了，青果泡水、上清丸、头痛粉、消炎片便能解决。哪像我病了，干扰素、白蛋白，杜冷丁这般弱不禁风。

然而，人类一些顽疾至今无药可愈，如撒切尔夫人、里根总统最后也死于老年痴呆。

当年轮坛城沙画一般抹去了人们的健康，那么用什么来拯救我们，治疗我们呢？他们的今天不就是你我的明天吗？他们这代还有多子女的优势，我们只有一个，怎么办？难道能千年积弊用孝顺来毁杀子女的幸福不成？是否有健全的保障机制，社会化的养老关怀接力？要知道他们也是为国家的和平建设立过汗马功劳的，灵长的人类肯定不可以像鹥鹭鸟让父辈自行灭亡吧？我们不能只看蛋糕奶油花的美丽，忽略面粉的功劳。

他们也曾素肌玉骨，玉树临风，不是吗？我在病房里正视了医生所言不虚，此病已愈加年轻化。

我辗转反侧，觉着有柄达摩剑高悬，为之恐惧，不知道什么疾病会降临到谁的头上。掌握命运黑钥匙的秘密谁在操控？他不是美人嫣然，不藏在达·芬奇那儿，会不会藏在戈雅灰暗负能量的画作里？藏在波斯天堂、地狱、神妖明艳的画作中。也许揭谜底，找治疗都很难，是不是我们可做的仅有耐心聆听，温存抚慰，一匙匙肉汤，一勺勺饭菜喂到他们嘴里……

我们能不能拿出人类征服太空的精神或一点钱，拿出军备竞赛的一点钱来研发药物或者病毒为王的世界还是人类可控的吧。我再次用颤抖的笔，哭泣的心和手写下对人类命运的哀叹，拯救人类抗争病魔，最好在大家老之将至以前开始。别等到我们目光呆滞，辨不出亲友，那时就一切太迟，太迟……别以为这些离你我还远。我又在杞人忧天了，总是心凄凄焉。

/ 梦醒时分 /

——赞手风琴大师杨帆

一

接受一次特殊的盛邀，也是需要成本的。尤其是事事都需核算的当下。

一个失联四分之一世界的老友，偶然看到我诗歌专场朗诵会的报道，关系就这么续接上了。时空也许不一定能阻隔特定的人际，更不能减低其黏性。就像长有一双科学的慧眼，又掌握专业技能，便可享受夜晚天空美不胜收的星光盛宴。

朋友谙熟我的为人，一次次专车接送，要我参加他的新闻发布会、宣传酒会、演出等。我盛情难却，不得不迫使自己放下手中的工作，去为他站台。一则是感激他为我医院发展曾做过的义演——这是应当回报的；二则是为了这场并不时尚的小众艺术。今晚有汹涌巨浪的经历！《教父》书中的名言："人忘恩是最快的。"

我虽不敢说滴水之恩能涌泉相报，至少也要用矿泉水桶去报吧。若是大恩，就必当涌泉去报了。

为这位音乐人捧场、鼓掌、献花，原因有三：一是对他在艺术上的执着疯狂；可以舍弃婚姻、家产和赚钱的酒吧。二是关注弱势群体——老人、残疾人。三是永远把公益演出排在第一位，常常做的是赔钱的营生……

他是拉手风琴的。本人以为在电子乐器和钢琴、提琴、管乐盛行的今天，手风琴也类似诗歌，被小众化、边缘化了。可是，他硬是用满腔的热血，痴心不改的坚守，将这朵小小的浪花，从长江扩延至大西洋、北冰洋、印度洋，在亚美欧为中国人民争光。不能不说是一桩奇迹，就像他和全场互动时所唱的——"多少青春不在，多少情怀已更改，经过多少失败，经过多少等待，告诉自己要忍耐……"他五十二岁了，用什么洗练的笔墨，能描写出生命中情人离去时的寒月柔波的凄楚，回肠荡气的心碎。最后只好做出与手风琴结为伉俪的绝唱。

为了理想、愿景，他无数次拭去今宵泪。好在自己算善打硬仗，战胜得了自我，方能把梦倜傥不群地演绎下去，获得全球手风琴大师的美誉！

二

演出是成功的，一千四百人的锦城艺术宫座无虚席，献花者络绎不绝。由扮演周恩来的演员做主持。童声天籁随琴声唱《让我们荡起双桨》。哨声、喝彩声与掌声，使不同年龄层次的人们，都在卡门的乐声舞蹈里泛舟水央。更有他八十多岁的老母，九十一岁戴助听器的老爹，在优美的旋律中翩翩起舞，炫出惊骇视听的浪漫经典。竟使同台献艺的音乐世家，将今晚的气氛推向高潮。

不仅如此，两位老人还用了最深切的理解，给了追梦的儿子如山的爱，用言行接地气的方式，给儿子罩上一个太阳。

府南河上清风拂面，华灯初上。在停车的时候，我看到被我从家中拽出来追剧、看片、淘宝的女友们，打游戏或书写各种可能的技术男们，都早已等在锦城艺术宫摆满花篮的台阶上。同时还不时有人跑来调票……于是，我这颗为这场高雅而不时尚的演出，会因空座太多而悬着的心，得以放下。那一浪又一浪的掌声、欢呼声，台上台下互动的歌唱绵延着，并精彩地进行着，好似给这场演出别上了宝石的胸针。

在融入了时尚与古典，商业与艺术的小众音乐里，能征服人心，使全场山呼海啸、热血沸腾、光芒四射的不是舞美布景的绚丽，而是拉琴者全身心的投入。所以，人们说，手风琴是他今生今世的爱人，一点都不过分。大伙直观的感受是，他在演奏的时候，琴人融为了一体。不管作书、作画、奏琴，到这个份上，想不出彩都难，不是吗？艺术人生，人生艺术。

三

在献花的队伍中，主持人一定要他把我和他的友谊做个介绍——我是特为祝贺他、祝福他而来的。他说，我一直是他从大学到现在的精神偶像、力量源泉……

和他比起来，我是惭愧的。当贪腐等恶势力，以超越常温、常压挤撞过来的时刻，我在内外交困中，选择了撤退！当初那么多场为真理、正义殊死搏斗，甚至踩雷求美，在枪林剑雨中闪展腾挪。伤后舔干血迹，拭去眼泪，从不曾想过放弃！然而在巨大的饕餮怪兽大张巨嘴的时候，我退出了拔河。到底蹲下去是不是会站得更挺拔，退后一步的拔河者，是不是能规划出另一种辉煌的好光景，还得让事实证明……

要别人喜欢，先得把自己变成珍珠。这位老朋友做到了，他用笑对世俗浮沉的态度，执着沉静如印象派的莫奈，认真打理经营心灵花园，使青色的橘子开出了硕大的花来，在热爱与重复的炼狱中，做到了一尘不染。否则，就只能枯坐原地，无任何成就……

做一个成功的艺术家，尤其不能把名利放在第一位，若不能清空心灵，等于活在单薄的节奏里。只看重名利、金钱，那等于随时踩踏着地狱的边缘……

和他交流，感觉出他不做作、不撒谎。他的图腾就是音乐手风琴。如果纯粹如克莱因蓝，怎会没有极致的震撼呢？

四

乐队给手风琴伴奏，层次分明、圆润丰满，配合得天衣无缝，颠倒了主配角的关系，实现了他让乐队给手风琴伴奏的愿望，打破了陈规，突破创新，这不就是艺术所要的敢闯禁区必备的勇气吗？

我和观众们恍惚飘摇在林海秀波，扭曲在现实的蒙太奇里，切换着春的嫩绿、秋的金黄，在音符里感受时代更替，时间流逝！

鼓声、琴声中有悠扬哀婉，有浩浩江水皑皑白云，有"五岭逶迤腾细浪"，有扬帆远航的豪迈，有"孤帆远影"、"轻舟已过万重山"的潇洒快哉……最后以一壶浊酒与君欢，今宵别梦寒，谢幕……

五

归家的路上，朋友们不停打来电话谢我，让他们享受了一晚久违了的世俗中少有的盛宴，重返高雅。并一再叮咛，以后有这等好事，千万别忘了朋友们！

一个最有意思的技术男对我说："唉！芳姐，真正的高雅是恒久流传，历久弥新。你那朋友，是不是有我不入地狱谁入地狱的精神，才坚持下来了的？又是什么，使他敢于挑战小众艺术，也敢搬上舞台参与竞技，并取得胜利的？你知道我都被这台晚会改变了观念，以后我要欣赏严肃的艺术了……那你们那群在文学社笔耕不辍且分文不挣的朋友，是不是也在为一个信仰或知识的传承：把正确往前推而坚守呢？"

挂断电话，我陷入沉思，那些美文、诗歌、小说等文字，未尝不可配上音乐、舞美、画面、视频展示给受众，怎么就没有人愿意出钱来做这等事呢？

枫丹白露不远的巴比松画家村，已两百多年。米勒等画作不也常在游戏和家居上出现吗？中国不该只有《小时代》吧！百花园里只有都市玫瑰也不正常，不是吗？只有更多的色彩同时出现，才叫缤纷瑰丽，百花齐放。

咚咚的鼓声正敲着骨髓，我依稀停留在剧场的音乐里。手里却拿着抹布，正像是在擦拭着什么。司机已按两声喇叭，示意到家了，我豁然醒来，哦，原来又做梦了。

/ 季节·人生 /

一

不管小鸟如何呐喊，阳光还是给料峭赶走了，我们只好在清冷里共同守候心中的温暖。

女友哼着"读你的感觉像三月"的曲子走到我旁边。

我问："蓉城的三月常冷如寒冬，此时的天气往往还在正月或是阴历二月，把人读成三月，不是叫人联想起孩儿脸、想起阴晴不定？"

她反驳我，说："那又何妨？人的情绪随心、随事、随不可捉摸的万象、意象，怎么能完全如禅师所谓风动心不动？毕竟普罗大众都是俗家！只要能从不愿不快中，拎出一些兴奋点，将其安在领舞、领唱的位置上，主旋律便不至凄凄哀哀，又何惧奏不出"我的心像东方初升的红太阳"那样耀色倾城的弗拉明戈红、克莱因蓝？……"

是的，她说得很对。人受情绪左右，喜怒便形于色。那，天何尝不该按自已的法则和喜怒，或风调雨顺，或雷霆震怒，酷暑，雪冻？

现代人已不会为伤春悲秋、月缺花残，感叹恨别。却会因得喜、失悲：为得到了权力、美色、财富、荣誉喜不自禁；为失去容颜、地位、情感、机会而失落、纠结、愧悔。

天或因故，加之而怒，比如过度开发、毁林毁山、环境破坏，致使酸雨、冰雹、雾霾、热带气旋等极端报复性灾害迭出……于是，四季不再分明。固然想保有雪消狮子瘦，月满兔儿肥，自然天成已不如往昔容易。谁让人类过度贪婪，激怒苍天呢？哪个都有情绪失控，恶向胆边生的时候，更别说它还有自然界本身的法则、规律。

二

常言道：改变能改变的，接受顺应不能改变的，从不平衡中找出深刻，平衡中修身练达。谁没有经历过煮熟的鸭子也会飞，比如村上春树总在诺奖提名中陪跑，时常尴尬、错愕地一口水将其吞下。

就这么在被迫主动中锤炼意。于是，喝苦药加蜜枣，病就治好了，心量的硬盘也随之扩容。

读二战风云人物，隆美尔，巴顿……个个都属好生了得的战魂、战神。他们成功于历史的偶然与必然，然而，冥冥中又都死于元首和同事的意愿。唯有村上春树平静地把现在的拥有看作恰到好处，使人生少点酸楚，心灵不至遭酸液腐蚀。正因为天有不确定，人有不确定，世界才光怪非凡，异彩纷呈。

假如只有春天，硕果怎么能秀金黄？冰雪奇缘没有冬天怎么能形成？热辣奔放的女郎，没有夏的给力，迷你短裙下的高跟鞋，怎能踩中你的心事？所以，喜欢秋月皎洁的柔情蜜意，必得接受残叶凋落的凄清哀婉；喜欢繁花妖娆的烂漫，必须有足够的目力、心量去欣赏，承载风雨摧折后的残红——还有娇妻变老妪的预期。不，是现实！

本还恰同学少年风华正茂，不几日便垂老已矣。

如果人生只有青壮年，季节没有寒暑，宇宙也没有奥秘，一切了然纸上，人类、世界还有趣味和魅力吗？

三

自然录音师戈登·汉普顿说："寂静中让人生出对自然、对生命的敬畏。这样的地方完全听不到人类的声音，这种地方在美国仅存十二处，欧洲一个都没有……"

我认同寂静能净化心灵，整理出乱如蛛网的思绪，也能使人从中读出淡薄的节奏，滤掉物欲杂念。读懂了夕阳残照丰富的阅历及留给世界的辉煌，绝不输给旭日的色彩，因此有了年龄的后盾，始知读万卷书，行万里路，莫不如阅人无数的快乐与富足。读懂了春华是秋实的妈咪，夏是催生婆、助产师，至于冬天，那就是除人类以外生物们的疗养院，让万物休养生息、蓄积能量，待蜂蝶、鸟儿、丈夫、情人将他们一一唤醒，来年重绽放……

生命总是在循环往复中，找平衡、寻节点。人生由于悔恨而有趣，因为失落而上升。如果没有了伤感、叹息，人生哪有过山车的惊恐丰富，五味杂陈？哪懂白毛浮绿水，红掌定要拨清波的理智。不是所有的蛹都会破茧成蝶，这样的不可测，才让诗人、作家、编剧不失业，不是吗？

努力不一定成功，但至少可享受一系列过程。天使之城，资金之城的洛杉矶，支付宝的大数据，都不是一天建成的。现在他们都敢于和硅谷、四大银行叫板。用谷歌、苹果、百度、腾讯的大脑当创客，用热情浇灌冷门，说不定能放出奇异的光。勇于做尝试，去颠覆曾经的所有，何尝不是一种幸福愉悦呢？

即使失败那又算什么！春日有温暖柔风，不也有料峭的春寒变天？夏有烈日，不也有暴雨如注、狂风肆虐？

秋天的金黄稻谷转眼被洪水淹没或蝗虫劫难的事情时有发生，好像没有冬雪棉被的覆盖，麦子便收成不好。那么是否也有盼不到冬雪的时候呢？

四

知道了上述种种意外，开始把人生与天气画等号，两者太像了！

明白了凡事多元，多维思考问题，不得以绝对善恶二元对立。因此，通达很多。春花秋月，夏风冬雪，各有优劣，缺一便短少许多美好，因此需要互补，哲思变通。延伸到婚姻、生活不也是如此吗？

谁喜欢开不败的昙花？倘使没有过失恋之痛，哪有刻骨铭心的怀想？无论多美丽的公主的高跟鞋，也摇曳不来小夜曲的哀怨，体验不到踏破心冢时，让你动容的不知所措，以及"抬望眼，仰天长啸空悲切的"无奈……

难道机遇、财色、权名的得失来去，不等于阴晴不定的自然变天？人生本乃遗憾的艺术，电影调色师非别人，而是自己的心态！

当痛不欲生别想绝望，要想到伫立黄花地自拍的惬意；瑟瑟暗夜，想起口含夕阳、沐浴晨曦的明媚，无人打伞的雨中，想到柠檬样的月儿荡漾在窗前——哪怕"永结无情游，相期邈云汉"也纯粹，深情款款！即使双翼遭遇冰冻，也要想到只消一朝寒彻骨，换来梅花扑鼻香，还有不远处雪橇犬拉来铃儿响叮当……

想到积极、光明，人生就在希望下浓艳厚重，生活也有不同季节闪光芬芳，那深浅明暗，恰似时装女王搭配的惊艳高档！

挪开了烦恼，石头化金子，碎裂的彩虹一样是彩虹，有淡定即有自信，有沉静即有升华，彻悟了优劣，相互切换，便能从比对中找到平衡。日子在诗情画意里，生克制化；人性在通透豁达中，高贵优雅。好心情是一束光，不但给你照耀，还让善意把你包围，纵然走到迟暮，一样可潇洒自如。到时光里种歌，使生命博达丰实，用风骨书写出春的优美、隽永，拉长时间线条。

/ 随喜功德：网络 /

一

QQ 的"嘀嘀"声和云盘的"咣当"声，将我神游于远方的思绪拉回，聚焦现实。认真阅读一封封邮件，经过思考，慎重给文友、微友回复。

互联网颠覆了传统，改变了我们的生活方式。

互联网，功过自有评说。但毋庸置疑，我对它的爱是多于恨的。且不说它好用，至少它改变了让人们只能被动单向接收——如电视、广播、报纸……传统媒体强塞硬灌给你的信息和知识。它可以任你随意参与其间，接收从不同视角推送给你的资讯，你也可以随时与之互动，各种意识也因之升华觉醒。

我不是电子土著，使用电脑时间尚短。土鳖不聊、不淘宝、不游戏。除用它打字，回答资讯，接受访谈，基本就是发送文稿、邮件。就这样，我便被它的好处征服了。如抄写、查找、纠错，既简单又快捷，比起翻辞海、百科全书省时省力，分秒间搞定。这样的日新月异，让弹指一挥成长叹，使我们闲暇时可以做想做的，还有时间享受生活，岂不快哉？

二

一次偶然，经诗友引荐，开始踏入一些文学社。又在不经意间，首读别人的诗歌，于是眼前豁然一亮："哦！诗歌也可以这样写！"

不禁失笑，原来是自己走在乡间小路上和牧归的老牛、赤脚的少年结伴行。眼前虽有袅袅炊烟，阳光给稻草披上金黄的绸衫，但这朴素的美不过是巧媳妇的十字绣。然要跻身四大名绣，由土路或窄窄的田埂飞升康庄，捷径在哪里也很费思量，不是吗？

当我相识写散文诗、新体诗的前辈（指走在前面的人，跟年龄无关），宛如汽车有了 GPS，再也不担心走错了。

别人用"双微"抢红包、粘贴利益链条、买卖产品。我则在互联网上开采友谊、播撒情怀、粘贴同道、淘觅知音，更多的还是向文友们学习，吸收营养。

从此，开启了"我读别人，别人读我"的生活。在虚拟空间接受强于我，弱于我的善意修剪、施肥，使自己受益提升，这难道不是没有围墙的文学院吗？因此，我不得不感恩那些费时、费力、费钱为我们搭建社区的好人儿；那些不计分文，为大家服务的版主们。在这无利不起早的今天，要是没有他们，我们哪来练武场、习武地？假如我们的段位有所提高，这军功章里是不是也有他们的一半？写到这儿，我有些悟得因知遇而感激，知足而富有，知己知彼而谦虚。自信优雅，高贵境界，品味人生就有了底气，陈年浓香也因岁月发酵而历久弥新。

在当下自媒体、流媒体的时代，打理一段友情、经营一段关系是很难的，好似"利尽及交疏"的古训永远鲜活。是的，社交多样，一旦没有利益，黏性便自然大减。试一试关掉"双微"，看有多少微友、网友会找你？当你有危难的时候，有几个微友、网友会伸援手给你？然而这类现象能怪科技吗？此乃人性本然，不过是因其社交的广度，放大了它的影响面罢了。而可笑者总以单向思维，忽略问题的核心。

三

现在许多人基本不阅读，精神空虚，思想"沙化"，想"hold"住珍贵实属难也！怎样从喧嚣浮躁中，找出细节，随时培养出点滴感动，有感受才有愉悦。爱是一门美学，也是测试人性的试纸。只有抓住感动的细节，让人热爱，方能使人记住，不是吗？我在这里可以找到良师益友，相互提携指教，纵然是"彼此不相见，又何妨？要紧的是我能把我的油菜花，满地的金色移植到网上这片土地，大家共享。另外辟出十里稻花香、百亩果园、千里草地，使自己和友人自由驰骋受用，不也很好吗？

也许，做这些的时候像是在高空播种，命中率不高。唉！广种薄收也能收嘛！辛勤的填平低洼，用软绵的秧草铺垫，使大家踩上去不硌脚。人家笑了，我也会心悦"挺好，挺好！"

做一个执笔的人道主义者当有足够量级的带宽，否则怎能使突变的细胞得到修复，不恶变。

　　我在锤炼笔头的时候，得到过光照。所以我愿同虚拟空间相识相知的朋友一道借助科技，互相借力腾飞。

　　黄昏，小鸟的歌唱又漾起我心中无限的柔情，阳光穿过窗户静静地淌泻，在地板上蜿蜒成一条金带。我希望把一切美好与朋友们分享，一起读幸福、读友情、读心灵、读风雨后的彩虹、读日月星辰、读健康……当然也要一起分担痛苦、分食悲催，使色彩有香味，声音有光芒，淡而无味的时光有情趣，跌倒的时候有拐杖，进而能得温柔善意普惠。

/但愿，但愿/

一

送走了一群小朋友，重返我流连的黄昏夕照，她站到我跟前，嗓子喑哑地挤出几个字："他不能同我一起向你告辞了，我们分手了……"我和她默然对视，不过我还是"嗯"了一声，她又说："可我还爱着他，但是，但是……我不知道……"

她慢慢地转过身，踩着缓缓沉重的心思默默离开。第一次回眸，眼眶里满是悲凉的湿润，第二次回头是一颗又大又圆晶莹的泪珠。在我看来，那不是泪珠，是滔滔大河。

我呆立窗前，目送她怅然的失落——那个随和温婉、灵秀娇怯、饱读诗书且悲悯他人的好姑娘竟遭遇了情变。

据我所知，她对家境贫寒的他那么好：顶着家族亲朋的压力爱着他的爱，苦着他的苦，放弃了好职位甚至继承权，去追逐那不沾世俗尘埃的金梦。

　　我的情绪被她悲凉的湿润弄潮了，灵魂也似乎抽离，漂流在她那条泪河上。

　　记忆中那对穿着糖果色情侣装的他们，纤尘不染，总是被阳光春华眷顾着，小鸟们也赞赏地唱上几嗓子，油菜花盛放的时候，还闻听得五一节将喜结连理……现在油菜籽还未收割，两人的情感便已提前凋谢。我原以为，那些在多次遭风雨吹淋、暴冷暴热下不落的果、不坠的花，应该是抗打击力较强的。毕竟不像浅浅水洼里的水，太阳一晒，风儿一吹，积攒的一点点情便荡然消失在万丈红尘。我想他们应该不同凡响吧？至于为什么，答案就在未知或已知里。

二

　　归巢倦鸟的鸣叫声，将我从联想的宝座上拉下，镜头摇回他和她的情感戏。

　　职业性真假参半的慰藉，虚虚实实调配的美丽饮料的药力，是否有膏丹丸散的妙用实在难料，因为说不出的忧伤是浓烈于心、博大而绵长的。

　　她要我替她分析发生的原因，并一再强调她的悲哀与婚姻无关。作为一个比较成功的婚姻修复师，尽管自己四面漏风，但对多半家庭的缝补我还是很成功的。可他们在婚礼曲奏响之前就挥别康桥了，没有理由，没有解释，只有一封电子邮件："对不起，我走了，我会为你祝福的。"十三个字的告白和诀别……

　　我不愿用选错股票、趁早放弃非优质股、潜力股，也不想用门第、金钱来诠释情人间的关系，更不愿意用货币化衡量情爱与人生。那样都显得低俗。至于是否交际中出现了他更想要的，便不好说。这样的案例不胜枚举，一个眼神、一次偶遇，任何场合任何地点都可能发生。什么猎奇、猎艳、刺激，无须理由。至于及时行乐、不计成本，更不在话下。因此，常有把彩色的毒蘑菇误认为瑶池仙葩，甘愿被艳丽的罂粟夺去魂魄。否则那些水手怎么会不愿捂住耳朵，随梳妆的美丽女妖的歌声葬身于莱茵河的故事总在发生呢？

另有一猜，便是承担不了她给予他无私的爱。心理学上有一说，因为报答不了过重的爱和恩，反会生出许多恨来，便选择了逃遁……至于是否将神圣的爱也商业化，我就不愿妄论了。

三

既然一切由市场和社会发展说了算，其实婚恋等于二人踩着窄晃的平衡木，能走多远谁说得准？青春期的爱情看似无比炫丽，其实深层次的痛不足为外人道也，能不能往纵深发展，都在两说。如果婚后能修成正果，情感没有瓦解，就得咬牙把一切吞下，不是吗？好在树叶还五彩斑斓，又何必泪湿红绡、肠断心碎、梦魂无依呢？

写到这儿，蓦地想起女儿说："妈妈我觉得你唱经典老歌总不自觉地露出讪笑、窃笑、嘲笑的表情，似乎没有从前那么动人了……"

"请举例说？"

她略一沉吟，道："如'我能想到最浪漫的事，就是和你一起慢慢变老，直到我们老得哪儿也去不了，你还依然把我当成手心里的宝。'"

她又说："还有'几度回首几度凝眸，几度相思几度愁……才下眉头却上心头……'等等"

我惊讶于她的乐感和目光的锐敏。

"是的，那些歌词唱起来让我觉得假、虚，与现实太遥远，于是便没了往昔的投入和沉静。在飞速的列车上，除去操纵方向盘的人谁也不能左右车的速度，莫如大快朵颐地吞咽春日的烟澜、夏日的热辣、秋的静美、冬雪的晶莹，用诵读诗文洗涤尘心——即使是暂时……

"爱情之于二人，犹似花开花落，自然天成，分离结合不必太认真。将盛开于洞房，凋零于坟场，通视为一场艺术的逃难吧！平常心对待，也许花儿谢了明年一样开；没有温柔乡，便将能量转换。

"人来时不知何处，去，也不知所踪。浓而芳烈的陈酿是文字承载的思想，在这月亮都穿不透的城市，人们都在门后、帘后想些什么，演绎着什么？'问世间情为何物，梅花三弄很文学，却离现实太遥远。'这不是你说的吗，女儿？"

我想，人遗憾的是长不出翅膀，让我们用诗文的艺术，给人们双翼。人们用它凌空一跃便能看得见常人见不到的风光，又有高广的视角，宽阔的胸怀，领悟和见解都将胜人一筹，还犯得着为失恋生气伤感吗？了了有何不了？管他蔷薇路，荆棘路，只要属于人间，那就认真走完它吧！

放不下她，便用私信对她道："相守、挥手本是一只并蒂莲，终归是要谢的。哭过痛过，便该放下了。权且将之视为路过的一段风景，寄情于山水，闲看晚霞，夜拥朗月，沐浴清风，为己悦而容。凡事你说了算，岂不快哉？"

也许红楼这本爱情哲学、职场哲学，读读会助你成长、成熟，从此开心。但愿，但愿……

/随笔/

一

天放晴了，漫步在别墅园区，随处可见滚落一地的鸟蛋、倾覆的鸟窝，就自然地收敛了笑容，眼里不再有摇荡人心的霞光，而只有几分黯灭的凄楚与悲悯。我知道这般多愁善感会被别人视为莫名其妙：风雨中，覆巢之下无完卵不很正常吗？有什么大惊小怪的？

不，我则想到，它们的家园被大自然无情地毁了，当然，老鸟可以择枝逃生，可他们还不会飞翔的孩子呢？

我想，或者它们的父母也有短暂的悲哀。但接下来就是重建新房，在劳动和交配中，迎着雨后彩虹、新的阳光，欢快地歌唱。无疑，它们对自然的顺命和认命及达观快乐的精神是值得人类佩服和学习的。

当不可抗控、不可精准预测的地震海啸、火山喷发出现，人类也只好无能为力地直面那美好家园瞬间化为废墟的无奈。

只是万物之灵长能在灾难面前得到政府、团体、个人、国际性的救援与帮助，使生活逐步正常。然而那些遇难者不也跟无力飞翔的嫩鸟和滚落的鸟蛋一样，永远地死灭了吗？

我不是林妹妹，不至慈悲为怀地"独倚花锄泪暗洒，洒上花枝见血痕"。不过怜惜生命之心还是该有的吧？身处绿色葱茏、芭蕉林环抱的幽静小区，住这儿应该是舒服的、愉悦的，甚至令人妒羡的，可是自己那些烦恼、伤感和心碎总是那么多——说实话，不是名利、物质、财富。能享受习习的凉风、温热的夕阳，在夜灯下看暗夜流动，听花儿虫儿呓语，深夜，随时光落到脚面、毛茸茸地抚摸你，分不清是小情人还是小松鼠……但无论如何能感知生命虽伟大，却总稍纵即逝。那么敬畏尊重生命，就该好好享受已有的幸福，做个明智懂事的人。

二

我慵懒地踩着小草，走过摇椅，走过养着睡莲锦鲤的池边，走回书房，又走到露台的瓷凳瓷桌……这时灵感的流苏促我直觉地抽出刀来解剖自己。

黑夜给了我黑色的眼睛，可是她心中又有个明亮的世界[1]，因此总会看到规则、潜规则下潜伏着太多的暗流、黑箱、污浊与糟粕。精神天线接收到太多暗物质，尽管里面多半是别人的、远处的，但终归与我们的生活质量相依相偎、共荣共存。于是快乐便因之打折、贬值，如涨停板上的股票，无红可分一

———————————
①《她心中有个明亮的世界》为一篇报告文学。

样悲催。

　　因此我开始反思：视力太好，总会看到细菌在器皿食物上纤毫毕现地蠕动，太纯净的心就格外娇嫩、总会被别人的苦难刺痛。有句话叫欲速则不达，我是否也该做一个识时务的俊杰，见招拆招加绵里藏针？让瑕疵穿越完美的经典，循序渐进，像一缕清风，了然无痕地持久吹拂，有沙漠变沃野的耐心与修为。似乎只有这样才算得上"智者不惑，仁者不忧，勇者不惧"……

　　记得爱因斯坦曾在旧中国亲眼看到童工残酷的劳作，当时就感叹道："再飞扬的思想也会砰然坠落到沉重的现实。"不过他看到的黑暗早已流水匆匆了。冷静一想，又一句话浮现脑海："人类一思考，上帝就发笑。"我想，笑什么？笑以为读了大量的励志书、《伟大的博弈》、《货币战争》、《世界是平的》、金融巨著便能将成功学牢牢地捏住，像如来佛玩弄悟空于股掌般随意。事实证明，选择比努力更艰难，别的和尚念的经未必适用于你。

　　假如我们稍微试着慢一拍，把走过的人生路浓缩一遍、盘点一遍，从先贤和现代思想家们的著作中吸取些营养，也许心胸会豁然开朗。不必等到某些富翁临死前，方悟到这么多钱对我有何用，我只需要一颗健康的心脏。

/ 落叶深思 /

一

植物同人一样，爱慕虚荣，总想与众不同。但极普通的黄桷树确系例外，它像杨柳一插便活，用不了几年就高大挺拔、树冠优美，在炎炎夏日撑起大伞给人畜遮阴。可遗憾的是，少见墨客文人写它、咏它。因为它不妩媚、灵动，太硬朗，缺乏美少年的俊秀，因此风流倜傥锐减，只得任轻薄的杨柳在诗人笔端下造作、矫情、卖弄。

其实植物们为了本种族的繁茂不输给其他群落，一直进行着明争暗斗。如花儿们用尽香味、臭味、辣味、涩苦味去吸引蜜蜂、蝴蝶。大树们则用汁液果实诱惑鸟儿筑巢，吞食它们的浆果……总之，为了使鸟雀蜂蝶以及别的昆虫更专宠自己、离不开自己，它们学人类用上各种高招、损招牢牢抓住这段恋情，嘴里还哼唱着缠绵悱恻的情歌"亲爱的，你慢慢飞……小心前面带刺的玫瑰……"

　　与此同时它们还在花蕊果液中注入类似罂粟壳的东西让味道奇美，使鸟雀昆虫吃后中毒似的欲罢不能，只得流连顾盼在原有的情侣植物上。这样，它们的花粉、树种就能轻易地被带往各处，散播流传，使其种族庞大、血脉植根深远。因为众多，便有了分量、有了话语权，可以将自己对阳光、雨露、大地及整个自然界的爱恨情仇、理解、怨怒、褒贬、嫉妒，按合乎逻辑不合法度的方法诠释，不管那是对或错的价值观，执意地宣泄、张扬。

　　它们都有标签化的可爱色彩，看起来温和、顺从，其实他们之间的争夺一点也不亚于西方政客竞选的激烈。尤其在原始密林里，那些绞杀榕为了阳光、土地，不惜把根扎到别人的身上，同时还用上"野蛮女友"的泼辣把别的树缠死。

二

　　我踩着没过脚踝的落叶，问花工："这是什么树落的？怎么会这么多？"

　　花工说："这是黄桷树的叶子。它已经把厚重的冬装脱完，换上嫩绿的新装了。"

　　我立即由他的话联想起：黄桷树奇就奇在冬天都会苍翠欲滴，可真实的它如《读你》那首歌里唱的"读你的感觉像三月"。三月它开始少量掉叶、掉果。等艳阳高照的五月才将老叶落光，神速完成跨栏，飞跃灵动如田径高手。用新枝新叶疯跑疯长，使人们目中永远有绿可赏，继而长成教皇头上的伞盖，阻挡烈日……

你不觉得这是一种高尚的品质、脱俗的格调吗？即使春风、诗人都不待见，它依旧不计名利、不争宠、不邀功的年年如此。每到春末夏初，便像老鹰一样抓掉旧毛，焕发青春，不仅给人类盎然的绿意，还尽心竭力记录下一叠叠命运的时光。我踩着小山般的落叶，像踩着它们一不留神滑落跌碎的旧梦，看着他们放得下、抛得开，豁达的心量，从不管别人说什么，任新枝新叶继续做那永远轮回世间、由希望织成的新梦。

我在绿荫间感动，感动之余仿佛有所悟，其实感动人、震撼人的并非惊天动地，只需把每件小事、每个细节做到极致、用心足够，不是吗？

我们人类要是有一多半都有此胸怀、智慧、克制与大度，这世界是否会增添几许温情、柔软、甜蜜，少去许多冷硬、风霜呢？叫月一样的洁，花一样的美，冰雪一样的聪明，巧克力一样的香甜满人间。

我想着，玩味着，终于感知春风穿过阳光的缝隙，拉起黄桷树的枝条，跳起春之声的圆舞曲，旁边草在剪影子，君子兰在鼓掌，一切是那么和谐……

三

人类总因为自作聪明，把那不该背负的各种十字架扛上肩。耳畔响着"好孩子，你健壮，担得动"，那是教父的哄骗。"迷迷糊糊地将各种欲望、需求、攀比，往担中装"，于是搁不下、扔不了、舍不得、走不动，不快乐、不幸福，慢慢在纠结痛苦中老去……

　　无意间读到一条新闻：英国皇家科学院预言八年后互联网将崩溃，理由是：不断铺设的光缆也无法满足人们一再提速的需求。光缆尚且揽不下欲望膨胀的瓷器活，对此我们还能说些什么呢？据说迪拜的洗手间，可以打造 3D 海洋版。那么我们又能对 3D 海洋版愉悦多久？不用多时，又要打造天堂版、上帝版、地狱版、银河版……

　　我质疑这样无止境，会不会是上帝埋下的魔咒黑洞，毒化我们正确的思维，阉割我们的判断，使我们的心智老处在半梦半醒间，反复遭黄粱南柯撕扯，不知何处是归程？

　　大道至简，宁静致远。黄桷只是在竞争中把青绿向隆冬早春稍加延展，来了一次反季节生长的革命，所以显出别致的高尚。把它的力和心，用得恰好、本然，对顺境的好、猝降的难，都不要执着，一切随缘。

　　生活中常有十五的月儿十六圆，一起不圆别时圆。

　　走出日耳曼和英伦哲学，心灵不再流浪。可以闲坐黄昏，悠然晚霞，嗅兰蕙芬芳，听野草唠叨，看蔷薇玫瑰比俏，感知到生命的热烈奔放、超越闪光。从落叶让位新绿的爱，体验到轮回与自赎。至于是否化泥，是否香如故，不去思量，无怨无悔，潇洒自如。简单的哲理应该是热爱与兴趣蕴含着生存，有了它，生命的硬度、力度、柔韧度便随之垫高、茁壮。

/ 对不起，我爱你 /

一

蝉歌夏更热，鸟鸣山更幽。要不是铺架在不远处的立交桥与高速路，没有特殊和很意外的声音出现，这个在水一方、多见植物少见人的花园别墅，真可以算作养心养气的好地方。

寂静可滋养灵魂，清理思维，过滤掉心海的杂质，使混沌清晰、浮躁平和，有淡定，方能激浊扬清。

两声喇叭，阿姨引进来一对时髦男女。一个细节跃入眼帘：也就是在进门的那一刻，男士闪身退往侧旁，让女孩儿先往门里走，同时替她把鞋套套上高跟鞋，然后自己才开始完成同样的程序。

二人走到茶几旁，我用微笑和手势请他们坐下。可二人仍旧立着，女孩儿用精致而歉意的微笑说："医生，我们没有守时是因为修路堵车，迟到了二十分钟，请原谅！"

我笑笑："没关系，我也借此偷懒休闲一会儿，正好正好……"

接着便迅速地切换话题："你俩谁先说？"

女孩冷傲地一瞥那男孩儿："女士优先，当然是我先说咯！"

男孩抿了抿厚嘴唇说："好的，好的……"

女孩也是性情中人，快人快语，忽闪着漂亮的大眼睛，开口道："其实……其实我们已分手两年了，这期间都各自找过新朋友。他比我后交女友，却又比我先放弃重找的新伴侣，我也没遇上合意的。因此，我们也偶尔约着喝茶、喝咖啡、吃西餐。因为不做情人，反而没有沉重，只有普通朋友的轻松，不远不近地交往倒也自在。

"可是最近发生的一件事，让我感动之后又觉后怕，进而又愤懑与怨怒，决定彻底从朋友圈把他清除，抹掉他在我记忆里的符号，关上心门，永远不再开启。可他非说我的脑子出了毛病，非拽我来你处做辅导、做测试，我拧不过他，也就不自主地随他来了。"

二

我做了个手势，说："你说得具体点儿，你这样说我是听不明白的。如：你们为什么分手？有没有细节可支持你的决定？他哪些行为让你感动之后又后怕，进而愤懑和怨怒？"我说完仰靠在背垫上，职业性等她开口。

女孩咬咬嘴唇，说："我先讲讲分手的几件事吧……

"前年，我二十五岁生日那天，约好一起烛光晚餐的。可我等啊等啊，直到饭菜凉了，寿面成了糊糊，蛋糕也因天热变形变味，差不多夜晚十一点多他才回来。这期间手机不打一个，回来花也没有一朵，我一面质问他为什么要这样对我？你到底去了哪里？……我质问他，又不愿听他编织的解释……"

我有些好笑地问："那你想听怎么个解释呢？"

女孩说："他是这样解释的——下班时，走不多远，被老总抓了壮丁，指挥搬运，事毕后已经快九点。他赶去买花时，见到一个哭哭啼啼的小男孩到处乱跑，周围见不到认识这孩子的大人，他便略作迟疑，把男孩抱去找了一圈。孩子大约四岁，什么也说不清楚。此刻他看出有两个不怀好意的人，想冒领这孩子，孩子却用小脏手紧紧地抓住买花的叔叔不放。于是，他就把这孩子辗转送到派出所，交给民警。履行完公安的程序，待回来时才忆起，走时忘了拿花，折回花店，人家早已关门了……

"第二件事也是发生在前年的秋天。我们公司搞活动，大家都听说我男朋友很擅长烧烤，也擅长唱卡拉OK，便热烈地邀请他以家属名义参与。然而他再次爽约，让我丢尽了面子。

"下午的才艺和卡拉OK比赛一浪高过一浪，同事和领导一次次问我：'你男朋友几时来，我们还等他这个女婿来点烟火哦！'

"我表面平静地说：'大家尽管开心地玩，不用刻意等他。相信若无特殊情形，他是一定会来的……'我口里这么说，内心却波涛翻滚，同事们看我的眼神都仿佛带着嘲笑：嘿！找了这么个不靠谱的男友！忽略、不在乎、无所谓，你这位公主殿下又能怎么样？领导问我，我心里就更加难过，如煮沸的开水，不停用蒸汽顶着壶盖。其实别人也出于善意，可我听来，宛如苏花公路旁、沁水断崖处、太平洋用巨浪的大巴掌拍打着石壁发出的巨响，震动着我的心海。

"七点，大家预备举行烧烤宴会。我终于熬不住，借故胃痛，辞别众人。也就是这件事发生后，我坚决同他分了手。

"我是一个小女人，需要温暖、关怀和重视，受不了不被重视的冷落。我没有足够强大的场围，我需要把我捧在手心，容不得老用对不起掩饰没有担当。恋爱就如此薄情、不讲诚信，婚后的日子怎么过下去？

"他几次三番缠着我，要我听他解释，被我拒绝了。为了摆脱他的纠缠，我一狠心放弃了原有的不错职位，跺脚去了陌生城市发展。为此我付出了多少从零开始奋斗的心酸，吃盒饭、煮泡面、披星戴月挣扎在底层职位上，硬是用努力和能力赢得了大家的认同。"

三

"本来嘛，我们就已经是两条永不相交的平行线，各自奔驰在自己的轨道上。可是他不死心，用各种方式找到我的公司，把一份报纸和判决书及一堆证明材料快递给我。

"报纸介绍了一家人的子女，想借老母被撞，讹诈搀扶并将其送到医院抢救的好人。不想那人不但有见义勇为的胆识，还有防患未然的谋略——在汽车离老人所躺的路面五十米的地方，将车靠边停下，用手势和灯语将我前男友的车拦下，他们两辆车加见义勇为者一共四人，四人分别先对老人及周边摄了像，见义勇为者又让他车上的记者朋友出示记者证，请另外两人签名作证，证明这老人不是他的车撞的……

"后来发生的剧情就无须我赘述了，好像神州版就千篇一律、经典不断地刷新'猫吃鱼、狗吃肉、奥特曼打怪兽'的游戏，游戏着人们的良知。

"就那么凑巧，那天我们公司搞活动，他临时被紧急拉去法庭作证。下来又被记者们邀请喝茶谈体会，谈感受……法庭上必须关机，下来他又忘了开手机，于是导致了我愤然离他而去的桥段。真所谓几时花开，几时花落，皆无可奈何……"

四

"为了表明他的诚意，他借口来到我所在的城市，IT 高手工作总是好找的。

"有了这许多波折，我有些信宿命，情感上已不再那么依赖男友了，我希望按自己的意愿成长，包括组织家庭。我请他别逼我，让我们只做朋友，这样没有情人的心里枷锁、精神负担、情感缰绳的羁绊，大家都轻松自由。

"有了君子协定，我们便可以选择性地参加朋友圈聚会，一起旅游、购物、看共同喜欢的电影、听共同喜欢的歌剧……

"但有三四次发生了一些怪异现象。一次是我跟不同的朋友到酒楼吃饭，一次去宾馆宴会厅为朋友送行，一次去海滨游泳，另一次是和朋友打网球，就有人不经意间发现了他的身形。当我试着追过去寻找，他却又一闪即逝地踪迹全无。

"我质问他，声讨他，他却嬉皮笑脸地骂我神经病。

"尤其是这一次，我出席了一次推脱不掉的相亲仪式。聊着聊着，那花痴竟忽的精神分裂了，抓起餐刀戳我，拿高脚杯砸我，用咖啡泼我……我顿时目瞪口呆、手足无措，连尖叫的本能都丧失了。

"幸得他及时出现，制止了那人进一步的暴行，拯救了我也拯救了西餐厅和其他无辜者。虽说我只受了点轻微的刺伤和烫伤，可他却心痛无比，抱着我，说是他的不是，没能好好地保护我……

"我把这份刻骨铭心的感动与感激讲给好友和同事们听，他们中大都对这位男友赞许有加，为我庆幸。然而，也有人质疑，说他是在跟踪我，要不怎么会那么凑巧呢？他们说，这人要么爱你爱到走火入魔，要么就是在道德或情感上有瑕疵。只有没有信任感才会跟踪，不是么？

"那些人的话使我的心略噔了一下，感激感动顿时贬值打折，好不容易积攒起来的情感红利，瞬间蒸发了大半，我们的友谊或爱，也跌停回原先的位置，有种狂泻的股市玩残股民的感觉。情形就是这样，医生，你说我或别人这样的认知对吗？"

五

我问："你说完了吗？"

她道："基本上说完了。"

我问："还有什么要补充的吗？"

她说："补充暂时没有，但我想问一下，有什么可以测评男人的真诚度，这世界有没有不变的心、不冷的情？一个人太执着，是对还是错？"说完，她闭上眼睛。

我开始问："你先说的两个分手的原因"生日晚归救小孩，爽约公司参赛去法庭作证，这两件事你都核实过么？"

女孩说："我是一个很认真的人，都一一去用电邮或电话核实过。"

我转脸问那男孩儿："你对此想说点什么？她说的是否都是真话？"

我想不到他会说出下面的话来。

他笔挺的西装，礼貌地站在我面前，缓缓吐出的每个字，和他的神情一样庄重。

他说："她说的每个字都是真的，不是谎言就不需要华丽的外衣。也许我虑事不周，莽撞欠妥，铸成了一次次误会。假如我的作为让她生气，我只想说，对不起，因为我爱她。

"我试验过，想从旁剪出芳草忘记她。可是分手后重找才知道，那些另外连凑合勉强都做不到。我和她都不是愿意凑合勉强的人，这就是我何故如此珍惜她，捍卫她，呵护她，怕她受到一点点伤害。曾经我在主客观上处理问题时候，脑子进水一样不够周密，致使误会浅坑变深沟，我不能再次犯傻，守不住我想要的。我是理工男，对数字敏感胜于文字，因此细节上总不到位。

"我真的没有刻意跟踪她的想法和必要，那天英雄救美，纯属巧合。我那位同事经过那家餐厅，非说饿了要吃点披萨，想不到就在那儿交叠重合相遇了，不信你们可以调查。"说完他憨憨地一笑，令我想到"喂马劈柴，关心粮食和蔬菜"那类人才有的纯洁和干净。

六

送走了那对欢喜冤家，我便坐下来为两人开处方，发私信。

处方一：女，名字：妹妹。

第一味药，经过核实验证，当以奉献之心，待之以心换心的信任。

第二味药，一个乐善好施的男人，又专一如此，实属精品，牢牢抓住。

第三味药，切勿以道德天平胡乱指责别人，若过于挑剔、要求完美，会连原有的都失去。

第四味药，这世界没有试纸可测试情感，切忌责备求全。

第五味药，人性都经不起试验。（他的珍贵在于"对不起，我爱你"。若选别人，连凑合都做不到。）

第六味药，不要被别人的阴谋论误导，若是那样，我也开不出后悔药来。显微镜不能用于生活和爱情……

处方二：男，某屌丝。

第一味药，你要读点现代的好小说、好文章，读点女性心理学，学点儿交往技巧，不致使通途变天堑。

第二味药，真爱一定要用心，把爱的功课做足，使双方误会降低到零。

第三味药，夯实共同的价值观，用细节营造温柔乡。

第四味药，一旦沟通有障碍，要立即设法消除。

第五味药，出现了矛盾冲突，要善用幽默。

第六味药，情感要慢生长，切不可野蛮开采（跟踪），更不要积怨太多，出口矛戈……

接下来又对二人的处方，做了同样的小补充

——别身在福中不知福。红尘万丈，愿春天的阳光，挤压出人性和人心中的猜忌，进而提出善意与爱，只有那样，日子才会灿烂，婚姻才会鸟语花香。要远离凡事往坏处想的朋友、熟人，那是一种可怕的恶。切记，切记！

/ 思考在高考后 /

一

自隋朝开始科举，到清朝光绪年间废除，历经一千三百多年，已有千年之遥。可那深锁眉头，重压心头，使学子失意尽在落榜中的情形，至今仍阴云不散……

回首遥望，有吴敬梓笔下的《范进中举》，无数耄耋望九和百岁人，都在寻章折句，追求功名利禄。还有认为评卷、选拔不公，造反起义的皇朝，那是中国封建社会特有的科举制度的腐败与文化短板所赐。

然时光飞逝，抹不去的一千多年已成从前。我们的经济发展和大学生的数量，早已越过低洼与峡谷，攀上了进步高峰，驶入信息高速路，拽紧了"互联网+"。可是为什么还是有人因为高考失利，或担心失利，便做出了不该有的过激反应呢？

二

不在其位，不谋其政。随着试卷标准答案的公布，朋友、熟人、非友、非熟，纷纷找来，要做心理咨询。

顶级奇葩的是，一位空考者两次失利，不怨自己，反怨恨母亲。

第二个是一位女孩，高考失利，便醉生梦死：醉酒玩乐无度，还疯狂购物，不惜抵押房产还债，仍不罢手，完全被鱼死网破毁灭的病态心理所主宰……

人一波波地走了，可啜泣、抱怨、愧悔或痛心的叹息，还存留在我的脑海里，挥之不去，萦萦绕绕，纠结焦灼，使我困惑。

若用十多年前或几十年前的老眼光，将高考比作"千军万马过独木桥"属今是昨非。而这桥如今早已体量庞大，桥面宽阔，升学路基本天堑变通途，只要在初高中读书稍微用心，考个一二三本问题不太大。当然如果从小学习习惯太差，家庭环境太糟，本人志不在学，另当别论。

三

放眼远望，举耳四听，从海量的资讯中打捞出装在漂流瓶中的问题，认真思量、琢磨。

孩子出生时，都带着一颗聪明的种子，同时还个个都是满分。他们需要像花蕾一样慢慢绽放，舒展自己和家庭的春天。

为了功利，为了自己这一辈实现不了的梦想，为了攀比虚荣，为了私欲膨胀和数不清的为了，把一个个瓦特、牛顿、爱迪生们的好奇心和求知欲随年龄增长、环境改变、悖论性地减弱减低，又加之家长们可笑愚昧的自作聪明，拔苗助长。

于是从众、跟风、面子……让孩子从娘胎刚落地一两个月，就忙不迭地要早教。孩子就像国外圈养的西装鸡一样，拼命灌食，用知识填充那尚未发育全的脑袋，泯灭那稚嫩的童心，扼杀那智慧的种子，窒息了天使的天性，使无数个天才、奇才，在题海的波涛中呛水，被知识灌得呕泻不止。让原本可能是达·芬奇、米开朗基罗、莎士比亚、居里夫人的学生们放弃了梦想，服从父母去选秀、唱歌、演艺，争当明星、巴菲特、索罗斯。

四

也许我们都爱孩子，也愿意他们跑在前头不输给别人，希望他们拥有丰富的物质财富、有高高在上的身份地位、有一身东方不败的本事，过着让世人羡慕的上等生活。

然而，如何将良好的意愿正确变现、增值，考量着家长的智慧。

"增加一分，砍倒千人"、"站到什么什么位置，不怕血流成河"、"到清华北大与谁谁称兄道弟"一类激励考生的标语，杀气腾腾地挂满校园。我担心汉语差的老外，是否会错把学校认作战场也未可知！

可怜华夏父母心，为了孩子安心做题，包揽该由孩子动手的、读书外的所有事情。于是孩子真的当起王子、公主来了，四体不勤，五谷不分，做人做事全然不会。在被迫娇宠与溺爱中任性乱为，暗生出唯我独尊，遇事苛责，傲慢不妥协、不合作，麻木的态度。

因为要压倒一片，只懂竞争，不懂分享和分担。自私、冷漠，没有同情心、爱心。在焦灼、怕输、下不了马的氛围中成长，小则给自己将来的职场、家庭埋下祸根，大则殃及社会国家。

那些敢于打爸妈的孩子，怎么不敢打医生护士、打任何无辜？竞争滋生出的残酷压力，使人性扭曲，必然变态、冷血。

如何截断众流，使"翩翩竹晚风，五蝶迷花径"回归大众视线，乃是家长、学子应追求的正道……

五

回眸是缅怀，也是总结和铭记。想当初，自己被逼，被情绪和波谲云诡的命运牵引，何尝不是匆忙、急促、慌乱、紧张、焦灼！看清问题的症结，梳理思路，找出解决的方法，必须稍慢、稍歇、稍坐、且停停。

试问一个奔跑中的人，会有缜密的思维吗？

韩非若不为秦王利益所诱，会死于秦监狱吗？

假如我们不把知识与功名利禄嫁接于一根枝条，不把黄金屋、颜如玉坠挂于学子的翅膀，相信任何孩子也不至于精神崩塌。不过首先家长得有健全的心理，方能做得到给孩子的人格引导。都忙着外出赚钱，一切以钱为衡量成功的标准，谁做子女的第一任教师呢？

一位朋友在英国的家庭里看到他们五岁的儿子，既能烤面包，还能把碗碟洗得很干净，便无比惊讶……英国夫妇说："他两岁就开始学做事，做不好也哭过。我们却鼓励他。只要家长有足够的耐心，不怕他初学时犯错误，一切都 OK！"

是啊，我们上面的这一两代，当年不是就这么摔打着过来的吗？怎么忽如一夜，中国的孩子就都变成金枝玉叶，王孙贵胄了呢？

让孩子参与各项活动、劳动，培养出他们的责任感、担当性、成就感，安全的边界，有爱心，当属正道。相信正能量就裁剪缝制于人性的初始心！

我想起美国经济学教授给学生上的最后一课："老乞丐给盲乞丐一百美元……"学生抗议不解，教授说："你们将去华尔街，我要你们明白，金钱不应是冰冷的。"

又想起林徽因与梁思成骑毛驴去各地勘察古老的名居，那样的名人名姝，尚且甘愿吃苦劳作、节俭度日……

又比如，当年抗战的流亡学生读联合大学，条件极其艰苦，却培养了杨振宁、何兆武一类的大师，他们在各学科自由地转来转去，有兴趣，也有追求。我们是否应想到也是考试制度人性化及灵活与爱才，成全了几位大师呢？

给下一代多一些人文的熏染，育出有情怀的一代，使其具有服务社会的理念，加重他们自身的分量。一个穷到只有钱的价值观，急需大爱补白支撑。同样，丧失了好奇心、求知欲，也是不可创新的。牛顿因苹果砸头，问出了万有定律；瓦特见壶盖跳动，问出了蒸汽机与工业革命……

　　给下一代自由翱翔、泛舟银河、翻腾云海的机会，不断给他们施以良善和德行，使他们有发散性思维，相信第三次浪潮，第四次工业革命会出现在神州的！

　　我掩卷沉思，期待着……

/独坐黄昏/

一

细碎残阳,欲去还留,洒落一地金币。时间最王道,终于逼其退朝,让位给特定含义的黄昏。

从时间上来说,它离白昼不远,离夜晚不近。若用它比年龄,它既没有少女的任性无度,也没有少妇的矫情作态、嫉妒争锋。它更像四十到五十的女子,有慈母的亲善,妻子的宽容多情、艳而不俗、卓异不凡、雍容仪态、魅力四射,依旧玉堂春。同时又知性与理性合一、内敛智慧、性感风情,有生活打磨雕琢切割后的圆润,展示了深沉的内涵,用慈爱温柔,给所有善意以应答,使周围一切都镀金,而不冰冷。

我欣喜痴迷地陶醉于黄昏,愿被它拥抱爱怜。在瞬间受用中蜕变为褓褓婴孩,熏然附着在母亲胸膛,嘴脸被温暖的双乳簇拥,惬意到身心羽化,幸福在自然的甜而不腻里!

黄昏与夕阳若即若离,像极了一对尚未确定婚配的伪情侣,吃着碗里望着锅里，以为还有更帅更靓的在不远，或遥远等他们去发现、去邂逅。又像是一对结婚多年的老夫妻，彼此太熟悉太了解，激情已冷却凋谢，虽共居一个天花板下但仅存一些亲情。偶有审美疲劳，妄图另谋新欢、新知，但又苦于经济、舆论、良心、伦理等诸多羁绊，刚想迈出危险一步，就被道德指南针的磁力拉回。以至那金色的夕照还未流走时，他惊鸿一瞥，便发现一起经历过风风雨雨的老伴正深情地望着他，于是长叹一声"哦"这个时段，这个人，原来没有更好的可以代替。

二

我绕花园一周，狼狗、哈士奇前呼后拥地奔跑着，嘴里咂巴着冰淇淋的滋味，不时冲我感激一笑。泳池里的睡莲还盛开着，仿佛要蹦出水面和我亲密接触。我把几个馒头掰开，用舒伯特舒缓的音乐节奏投入池中，几百条大小锦鲤，为争抢食物，在水里发出啪啪的声音，不肯听我"有饭大家吃，民生第一公"的训诫。

我摸摸晒了一个白昼的水，看了看环绕护卫假山的董棕，数一数石上增加了多少苔藓，凝望含苞欲放的芙蓉、桂花，隐蔽在黄桷下面的栀子，谢幕的兰草、杜鹃……闲庭信步走回摇椅，欣赏那些风姿卓绝的三叶梅、夜来香，还有贵族气质的玉兰、黄果兰以及各种外来花卉。我默默地注视着那些缠缠绕绕的小花，抬头观赏那些高开在树上，很绅士的柠檬柚子一类的果花。他们抓紧时间，充分地享受着黄昏时分，紧拽着时光的衣袂。

谁说在这庭院里秋千总是冷落轻摇？想一想，有天地间美人、慈母、妻子、姐姐、情人、知己般多元跨界组合的黄昏，秒针般娓娓低诉，激情朗诵，还有疯心的拥抱，激越的爱抚，不变的眷顾，永远的热吻。怎能说这不是将万千悦目悦耳的开心，一次次编辑，浓缩成永恒的奉献呢？

我踩着秋千旁的小草，听葡萄叶摇滚着仲夏夜的梦；茑萝们讲述亿万年前，他们如何被风吹、被洋流冲卷、鸟儿的祖先吞食，消化不了，最终斗转星移，来到这片蓝色星球的历险记："我们同来的还有番薯、牵牛，当年同属一个祖先，如今在浩浩荡荡、风起云涌、日新月异的4G、5G时代也分道扬镳、相忘于江湖了！"

凤仙和绣球花也摆动着枝叶，抢着说："哎！只要不以一点蝇头小利，剑拔弩张、恶言诽谤、不择手段地整倒对方就算不错了！

三

晚霞着色时光，一切悄然流动。桂树絮叨着，有几对情侣在它的芳香下恋爱。菊花、金银花也炫耀着，计算它们能泡出多少待客的香茗……

我的思想随夏夜的风驰骋，所有的节律都和谐宁静。沐浴着良辰美景，躲开烈火烹油的繁华，心如古井，甚至把沙锤发出的音响也舐舐了、吞咽了，阅读出文字里的音乐，音乐里的思想，思想升华出的境界。风动心不动，觉出了山泉的节拍，瀑布的华彩，岁月跌宕的丰富。

雪橇犬玩耍着我的裙摆，我则沉浸在膝头上翻开的史书中，想象着，那些仙气十足的诗文是不是有些也出自于柔美夏日的黄昏呢？

那年岁最高，却又醉了的欧阳公，是否也于月上柳梢头的时候下得山来？那么在海的那一边，聚集过那么多的画家、作家（海明威、艾略特）的花神咖啡馆，也许这时候正迎接着各种艺术来客吧！

那千年等一回的提琴怪才，却在一个个黄昏，没能等来用乐曲推倒的世俗大山，无法实现一双温柔手，抚慰内心的寂寞！

千百年来凭栏呜呜的洞箫、怨杨柳更怨不归人的七弦琴和六弦琴，在凝固的枉然里千回百转，颤动着空气和时空。

我的思绪沉浸在鸟歌虫唱、叶绿花红的和平里。冷不丁，雪橇犬把我无意中掉落的书衔起来还我，我这才清晰地意识到：黄昏已经走远。恍惚有生以来第一次悟得黄昏原来这样短，短得让人心痛！细细品嚼，十二个时辰哪个又不短呢？……

另外一种长的则是等待了。新郎等新娘上车，我们等面试通知、等升职加薪、等书稿出版、等录取、等医生判决、等机关窗口发证……凡是美好喜悦都随时光飞逝！

于是独坐黄昏、超拔觉悟，感到幸福其实很简单。用心灵搜索，视觉捕捉，感受抓拍，再加嗅觉、听觉参与，于是真的参明存在于自然的才是美好的，不用钱或钱买不到的才算是无价昂贵的——时间。

黄昏流失，你能将之赎买或留住吗？

守候当下，从而自弹自唱。叶在风中悠游，芳蕊含情脉脉为己乐而容。我拨开拥抱在一起、繁茂的黄桷、三叶梅、夜来香，熄掉庭院灯，不让他们遮住月儿的光辉。

此时一个心烦的电话打来，我立即提取存入黄昏账户的禅悟，踩下情绪的刹车，换上阿 Q 的备胎，回归凡尘。

/ 真爱喜欢：日志 /

一

午后三点，朋友们如约到来。老外送上玫瑰，刚从土耳其做志愿者回来的小翻译、钢琴师、提琴师、音乐制作人，一起涌进来热烈地快乐着。

老外拉着我说："喜欢朋友里有你，喜欢世界上有你，喜欢……"他那生硬的中国话，怪怪的发音，把我们全都笑倒在沙发里。

阳光挣脱了云层的禁锢，扫荡了之前的阴冷风雨，透过乔木的枝丛，挤进玻璃木墙，然而，没有夏日的炙烤，唯有体肤的温热，肉感的柔美，大抵该归功于云儿的筛滤吧。

这时，娇小玲珑的钢琴师弹起了优美的小夜曲，老外激情满怀，用嘹亮的男高音美声且唱且走，站到二楼栏杆旁，朝着我们大家还唱了两支经典歌剧里的曲目，下楼来还说："这样高朗的客厅，真适合唱歌！"我们用掌声肯定了这位老歌剧演员的身手不凡。

三位 80 后抢着说："在李老师这儿，想不开心都不行！此地是孤鸿的栖息所、单身贵族难得的沙龙，更像五色瑶池，夏季有风、冬天有日，不像眼下外部世界，除去利益便难有真心交互的纯洁友谊，微信圈里也没有任何黏性，就像一片菜地、果园、花圃，不经嫁接，便不会长成好的植株。只要没有金钱利益与情感的组合，没有海绵泡水这样的友情，就不会有泡沫破裂的担心。"

我们一同欣赏了音乐人为一部电影制作的乐曲，演奏者都是朋友——提琴师、钢琴师。我们如痴如醉地听着，脑海里全是好美好美的画面，自己好像从浪漫洪流的乐曲里出来………我感慨生活欠了我们太多太多的债，幸好有艺术给我们补偿，要不活着还有什么意义？没有艺术脑补，可能自己早被掏空，变作一张甘蔗皮了！

二

我盛情难却，朗诵了两首诗——《一朵白云》和《最后的温柔》。太棒了！有即兴的钢琴音乐伴奏，无须彩排，也天衣无缝地默契。我们喝着茶，音乐人把刚从朗诵和聊天里捕捉到的灵感用琴键和纸记录下来。音符和地面的阳光一道流动，空气里全是翠竹、玫瑰、凤仙香气和女人的体香。

阿姨端来水蜜桃、小甜品和冰饮。在不必矫情、虚伪、马屁、攻略的氛围里吃喝，是自然简单的享受。于是所有的神经细胞都有着看海浴图般的清凉，口舌生津。

　　女钢琴师摇着大波浪的卷发，坐在地板上。提琴师半躺在茶几旁，大声唱着："仰望四周阳光照，但愿永远这样好。"不知怎的，我从大家的艰难里忽地顿醒，活在当下的含义……

　　笑声、琴声中，老外以客座教授的名义，很绅士地请求我给他讲讲我的故事。他说他曾在美国读到过关于我的一些报道，不想今生能幸运地认识我。他又说："我也看过电影《推拿》，但你好像跟他们完全不同。这几位小朋友对你除敬慕，也知之甚少，就给我们讲讲吧。"

　　我摇头拒绝，他央求道："今天就讲一点儿，满足一下我研究中国文化的好奇心。"说罢，很绅士地欠了欠身。

　　我对小翻译说："这不好，讲起来就等于给甜软的面包或巧克力里掺进了浸泡过苦汁儿的小石子儿。花蜜样的下午黄昏，霎时间给搅糟了。"

　　老外说："今天只说一点！诗人嘛，一定知道如何讲得如诗如歌，让我从中发现力量美、人性美、奋斗美……"女孩们一再抱紧我、求我、亲吻我，要我讲几个唯一……

三

　　我清清嗓子，严肃道："好的。我用几分钟提纲挈领地就说几个唯一吧，让你们略知一二。不过这里讲的等于宏大交响乐的引子……

　　"那年那月，我想尽办法，突破重围，创造了和普通学生一起读完中学的第一个唯一。十五岁那年，未读高中，又给周总理写信，请求特殊照顾，算是第二个唯一。因为一个太不可思议的偶然，也就是一篇中青报的报道《可亲可敬的盲人女医生》，使我遭受迫害，引起国内外媒体的愤怒，并力挺我，使我在国内外出名，同时，引起联合国教科文组织的关注，算是第三个唯一。为医院发展，遭遇无故刁难，不得已成立敢死队，与规划部门对决，算第四个唯一。把针灸按摩理疗扩展为中西医、内外科、有几十个特色专科组成的综合性医院，另外，还创办了西南第一家整形美容院，算是第五个唯一。其余的就不用说了……

"这里的唯一有死而复苏的心碎，有无法愈合的怆痛，有激情燃烧、峰回路转、闪耀日轮的岁月……"

不料我的回忆引起小翻译无限感慨。想不到85后的她读大学才吃上了鸡蛋，儿时读书经常被老师用拳头猛砸，她们那的留守女童被性侵的情形很多。她讲到兄妹俩在煤油灯下做作业，父母从不打扰，家里种的养的，都要拿到市场去换学费。小时候很难穿上一件新衣服或新鞋子。最幸福的，是父母守在身边，教会了他们忍让、善良、宽容待人。尽管很穷，到底有父母的人格引导，今天行走在乱花迷人眼的世界，也不至德行失守。

钢琴师也收敛笑容，接过话题，说："我两次以第一名的成绩考上中央和省的美术表演系，而两次都因妈妈凑不起学费被迫中途退学。后来，考了部队表演系第一名，却被第二名给顶了，领导因爱才写推荐信，叫我去找李某，却因拒绝他的非礼而遭滑铁卢。我们去求另外的人帮忙，终因凑不够三十万礼金，表演梦、读书梦就不得不结束于现在的 OK 了。"

四

没有唏嘘、没有眼泪，那流走的年华灌溉了青春，还沤成了我们坚实、茁壮、生机勃发、抗打击力强的养料，使我们在三台五台肆虐的人海，有柔韧的身段跳舞，适应着密集、散漫、不规则的节奏。

音乐人让钢琴师弹了一段《欢乐颂》，一段《月光奏鸣曲》，提琴师拉了一支《忧郁的爱情》。眼前是温香软语，花样的黄昏，月样的柔唇，使缤纷幽艳的氛围洋溢在客厅。

阿姨告诉我，一切就绪。我做个手势，对大伙儿说："难得今天不晒，我们把饭菜、酒水，端到三楼露台上，容夕阳残照陪我们共进晚餐好不好？说不定还能举杯邀明月，不请自来的星星也参与，同时让你们见识一下夜来香的霸道。"

大家高兴地拍手蹦跳，仿佛一下子回到了童年。

露台的护栏，墙的四周，摆满了一层层的花盆，种着时令花卉、葡萄、金橘和各种蔬菜，色彩斑斓地包围着陶瓷桌凳。

男士们敲打着腰鼓型的凳子，口哨吹着圆舞曲。女孩们在杯中斟满果汁和红酒，放在各人的位置。我们一同在夕阳的余晖里碰杯。小翻译像发现了什么似的，叫道："哎呀！其实残阳并不如血！"

"何必非要如血呢？如红酒，就够了。"我说着。

大家应和："对！对！"

家常聚会，不用铺张。客人中有两人吃素，主人必须兼顾着点儿，菜肴里没有海参、鱼翅、鲍鱼，荤素搭配由我指挥，安排制作。锅魁回锅肉、高笋肉丝、青豆肉丁、洋葱炒蛋、麻婆豆腐、糖醋虎皮海椒、凉拌黄瓜、花生米拌豆腐干——据说这是金圣叹的最爱，另外还有些大火炒青菜，和一些干果……你能说这些不是佳肴？吸取教训，菜肴太多，剩下来主人是够苦的。

就这些极简单的可口菜品、薄酒，掺些碎苞谷的黄金饭，竟让大家吃得异乎寻常得开心。连肤如凝脂，目光流转的钢琴师也吃了三四碗，还窃窃地问："我可以把剩下的菜打包吗？"

"当然可以！在我这的时光，就是要随意自如，行云流水样的轻松，不必拘泥。为喜欢活着真好，这是我的宗旨。"

音乐人笑问："东西方首席座次有何不同？"

"中国的规矩你们在各种应酬上已不陌生。只说这西式的，大概是坐在女主人右手的为贵宾，坐在左手的次之，男主人则更次。"我说。

翻译问："据说，我们中国到了近代才有男女同席，真的吗？"

"差不多吧。"我说，"大约是清朝时，有位大臣出使欧洲，见英法国王大臣宴席都带夫人，赶忙入乡随俗。回国后，照样用西式礼仪举行宴会，却被大家嘲骂、挖苦，说他有伤风化。古代宴会上的女子，都是陪酒的、卖艺的。直到民国，城市里男女同席，才逐渐成了时尚。"

提琴师说："好像过去束缚女子的枷锁有两个，你们知道是哪两个吗？"

老外说："三寸金莲，另一个就不知道了。"

青年们做思索状，我笑道："束奶帕！"

几个人一同"嗯？"了一声，表示不明就里。

我说:"古时候,女儿稍微年长,就会被一条叫束奶帕的布捆住胸部,使其平坦得像男生一样。

"随着清朝的灭亡,电影、杂志、书报和洋人涌入,女子们争相效仿,想挣脱束奶帕的枷锁。当时,两派学者官员针锋相对,多次拉锯战……最后在风起云涌、如火如荼的妇女运动的号召下,政府配合罚款,才逐渐打掉了妇女的这重枷锁……"

我说我也是最近才读到这类资料的。

几个男士感叹道:"想不到我们的意识、观念愚昧、守旧,如此可笑可恨,对人性的扼杀残酷到竟似刑罚!试想,若这个世界没有女子曲线与肌肤的美,没有万千风情,人世间得少了多少情调和声色的享受,所有的创作将失去引擎,不会有脉动,不贫乏、不枯竭才怪了。"

素食者轻声念佛:"感谢没有生在旧时代,感谢先贤巾帼们为我们的付出……"

五

随着叽叽的虫声响彻四野,不知是谁带头,你一嘴他一嘴地唱起"池塘边的榕树上,知了在声声地叫着夏天,操场边的秋千上,只有蝴蝶停在上面……"

随着《童年》的口哨和哼唱,各自又自如地忆起往事:幼儿园、小学、中学……大家都离开座位,比画起小时候的体操;钢琴师也忆起练芭蕾和转眼球那些青葱的日月。忽然"当"的一声,大家以百步穿杨的速度飞回现实,选择性地记起有趣的滋味来咀嚼。

正说笑间，一阵特别浓烈的气味扑面而来，音乐人吸溜着鼻子问："这是什么味儿？"

"夜来香，你们会唱这支歌，可很少直视它、闻到它吧？夜幕降临，正是它风姿泼洒的时候。"

小翻译说："哦！难怪你要写《大战夜来香》了！"

六

撤掉残席，重新坐定。琴师和老外们几乎一起大叫起来："快看，两颗好亮好亮的星！好久没有见到过了……是你们这儿才有得看吗？"

"当然不是，是因为你们太忙，少有抬头看天的机会。"我说。

大家又聊了聊眼前的静谧，与现实的挣扎。多少不可掌控，在光与影间阴着，使好坏魔术般流转。不知不觉已经午夜。

送走了依依不舍的朋友，我仍独自倦依夜风，参详在露台。从下午到深夜，三位女士都将自身的学习、生活、情感、事业迭代了一遍，浓缩成一杯百味杂陈的酒。但我们终能烈火重生，以雅典娜的两种形象立于各样杆儿上。

经历过无数残缺、撕裂、破碎、炼狱，不会像徐志摩那样去虚构绝代双骄、全知全能的男神，不至反刍式地拿苦难的草料喂养自己与别人的精神，做到了总结、提炼、淬火、教训。

数字化、资本化的时代，找切口入世并不难，难就难在将诚信、正确、公序、良俗守卫和坚持。假如几个人都随波逐流，只要目的正当，手段便可不计较，那么……

　　之所以我们能走到一起，既有艺术、兴趣至上，更能像江石抵抗潮流，纯洁自己，把一种种喜欢，辛苦地经营到乐以忘忧。

　　当灵感来时，音乐、文字像翻飞的彩蝶、鸟羽，在眼前出现，愉悦到不能自持。

　　所以，我们从幡然思、恍然醒，回味惘然又不惘然，却还有憧憬和期待。即使红颜孤灯，独自弄琴谱曲，音符中奔雷、静水……

　　我用纸笔和深夜的星星对话。是的，我比他们年长，少去了很多羁绊，那就继续为人文情怀的常青树忙碌吧！争取做一个诠经传灯的合格者……

／抬脚离开原处／

一

深秋的下午，不冷不热。我听着若隐若现的钢琴曲，悠闲地阅读着卢瓦尔河谷的故事，仿佛嗅到了熏香的胡桃叶，看到圆如珠，红若宝石的葡萄，六百多年至今繁星般璀璨香艳的城堡、宫殿，我想可以类比为"直把杭州作汴州"偏安的南宋。那卢瓦尔河谷的贵胄们，不也是为躲避战争移居到此处夏宫的吗？

文字因不太具象，又似乎可随意具象，画面与声音便同时呼之欲出，悬浮在我的视野与脑海，生动鲜活，快意恩仇，脂粉味、血腥味都触手可摸，皱鼻可嗅……

为了避免王后与情妇冲突，国王请达·芬奇设计双悬楼梯，然英年早逝的国王，哪管得了生前事。因此，绝色的情妇们往往被妒火熊熊的王后杀害，城堡里就有了灵异鬼魅……

自从有了两性人类以来，好一个"情"字了得，使英雄气短……

在赏析历史掌故的间隙，我恍若听到清澈的流水，看到蓝天白云下，一望无际的草地上，王储们的坐骑驮着千娇百媚的佳丽。还有那些穷画家们，为猎艳、为献身艺术、为有机会跻身上流社会，齐聚酒馆、咖啡馆，吞吐着劣质酒、劣等烟的场景。

我的思绪正在深深浅浅的树叶中摇晃，沐浴在如春的阳光里，被历史的长镜头，穿越、浓缩、再现，那些优雅、高贵、富奢的经典，使我仿佛置身在这样的趣闻轶事里，乐以忘忧地断开、抽离了现实。

我轻轻地搅动杯里的咖啡，以看客的身份想象着夏宫里的王妃们，怎样矫情地争艳斗丽、炫晒妩媚？

此刻，似遥远非遥远地传来几声清扣，扑面而来标配的香奈儿5号，告诉我曼雯来了！震惊之余，我严肃地问："几月不见，你真个就比黄花瘦了！他呢？"

不想说者无意，曼雯的眼泪却如断线的珍珠，一个劲儿地砸落到我肩膀上。

我惊讶又不惊讶，奇怪又不奇怪地扶着她抖动的双肩。她长睫毛下迷蒙着雾一般水汽的大眼睛，没有了往日流盼的神采，那半带娇羞，含着光与热的目光已不在……

二

曼雯坐在我的沙发扶手上，一只手搂着我的脖子，我也伸手握住她那只冰凉发颤的手，严肃地说："在见不到你的那几个月，究竟发生了什么？听你妈妈说，你曾割过腕，幸得抢救及时，才……你们不是分手两三年了吗？想不到像你这样潮，思想这样前卫，又美得像芭比娃娃的女孩儿，还会被一段恋情伤到如此不堪。宝贝儿，说出来，或许心结会打开。旧梦失去，会有崭新的无限可能等在不远处。试一试不也很好吗？"

曼雯的头依在我胸前，莺声燕语地絮叨："我知道你来看过我，可我因为心情太坏，不愿见你，你不会怪我吧？我今天来造访，既是求解脱，也是为道歉。"

我笑道："我要是这么小心眼，就不配做大众的朋友了。告诉我，什么雾霾驱不散？什么酒醒不了？什么痛忘不掉？只要向前走，不要老是回头望就 OK 了。"我说完深情地注视着她的眼睛。

她又哭起来道："别，别，别笑我这么没出息。自分手以来，我总也走不出失恋的阴影，好像灵与肉撕裂了，几乎每晚都在有他、追他的梦里哭醒。尽管我们分手前曾多次争吵，但是回忆中，总像电影一样闪回着那些幸福的点滴，恍若细碎残阳，给我洒下一路的金币，总也捡不完。而醒来，却春梦随云散，飞花似秋蝶……

"我百思不得其解，当初他为了我，深夜打来一个电话，我哭得说不出话来，他竟会吓得满头大汗地打车过来安慰我；在我无理任性的时候，他总是以骄纵的方式宠我；我要是喜欢上哪一款坤包，他会千方百计托人到海外去帮我淘；一次，我意外怀孕，他就无微不至地照顾我、呵护我，为自己的不小心频频道歉；记得一次野餐，我指着远处一丛艳丽的黄花，喜欢得跳脚拍手，他为了去摘那丛黄花，险些陷进沼泽，幸得请来有经验的民工及时营救，才得以脱险。事后他却丝毫没有埋怨我……如今，却为一些莫名的小事，他竟绝尘而去，不肯回眸看一眼伤心欲绝的我。把所有我能找到他的端口屏蔽，封锁了我俩过去和现在的路，将自己彻底隐身……

"你说他这样对我，是因为审美疲劳、猎到新艳、爱情不够深还是当下诱惑太多？情与爱从此不再永恒，可叹我生活里，不能没有他。在两年半的分离里，心仿佛被掏空，梦游般飘浮在天空，无处软着陆，所以职场也不顺，'情场赌场皆失意'。家人多次不得不对我施以催眠术治疗，使我免于崩溃，在千钧一发，好歹让我没有淹死在情海摩天。可是，我终无信心摆脱对旧情的依赖。我，我的希望在哪里？有谁教给我做得到，叫我如何不想他？突破自己，不为这段缘困锁。"

三

我抚摸着她冰凉的手，看着她挂满泪珠的脸，听着她有气无力的声音，倒上一杯热热的浓咖啡递到她唇边，劝她喝下。又剥了几个巧克力喂她。趁着夕阳的余晖犹存，拉她到了露台，让她朝远处瞭望。

她在我的逼视下抬起头看向远处，说道："这里的视野好开阔。那么远的环球中心都看得好清楚。"

我开心地一笑说："这就是独栋别墅的魅力，可让你尽兴地享受阳光、风雨，把老远老远的风景尽收眼底。夜晚在露台或者花园的摇椅上，欣赏满天的星星，欣赏趴在树梢的月亮，看倦鸟归巢，听雀儿在曙光里唱歌。"她听了我的话，笑靥如花地绽放开一对酒窝。

我像是自言自语地说："看，你还是这么美。只是少了点儿昔日的妖娆，使俏皮的风情打了折。你今年多大了？"我随意地问。

"我二十八。"她说。

"你们相恋几年了？"我又问。

"四年。"她说。

"那么把分手两年多加上，也就是说，你认识他时不过二十二岁。你二十二岁以前的生活里是没有他的，对吧？"我问。

"那肯定咯。"她说。

"那前二十二年你没有他，不也是过得挺好的？为什么现在失去了他，就像塌掉了一半天呢？"我把这句话重说了一遍，她听了我这句话若有所悟地大睁着眼睛，很专注地看我。我们并肩坐在有花有菜的瓷桌旁，享受着黄昏的宁静。

曼雯道："经你举重若轻地一点，缭绕在我眼前的烟雾已散去一半，我好像一下清醒了好多。可我还是奇怪，我们可以如数家珍，自如梳理、评点好莱坞大片，可却打理不好二人世界，掌控不了情感这匹烈马。"

我笑道："那是艺术，是别人的故事。这边是生活，又是自己的。当然不如意，就十有八九了。"

"那我该如何走出他的阴影？"她问。

"抬脚离开这段情。别让自己不可自拔地驻足于懊悔、怨悔、痛悔里。想一想，就是佛祖也不能保证你拥有了就不失去，不如洒脱地一切随缘。学会在种植情感的时候把握疏密，两人再好也要有距离、有风度。既然相爱就认真经营，不得已时就放弃，切忌死去活来，让旁观者看着都累。羁縻是套索，也是牵引。区别就是艺术和力的把握。"我说。

曼雯脸红了，说："我总在找自己曾经哪些地方不对，内心有忏悔，更有不忿……"

四

我轻轻地说："看来你们的前卫只是在穿着打扮上，处理问题却一点儿都不像现代人。当'苹果'、'黑莓'主宰世界，人们最稀缺的是耐心和时间。慢生活基本不被国人所接受。假如女孩儿一再装傻卖萌，像大棚蔬菜一样永远充嫩、耍性子、闹脾气，再好的男人也会热情熄灭、认真耗尽。不过二人之间对错难分伯仲，失去和得到往往因积怨，绝非一蹴而就。结束了就迅速翻过这一页。世界这么忙，谁有工夫看你的眉头？4G、5G一再提速，你那爱的律动不也该跟上时代的节奏，才不致被落下，不是吗？及时总结过去的失败、错误，使自己更优秀，为迎接下一场的真爱到来。那就闭关修炼，打理好内心的情感生态，剪掉旁逸斜出——倔强任性，哭泣一晚，去等候微笑的黎明。切莫将错就错，让苟活、凑合围堵一生。

"人就这么一辈子，能牵手就勇敢地去牵！不管什么理由，对方要放手，又何必紧拽死拽呢？把大好的光阴泡在眼泪里，等于让时间红木化为锯木屑，自己亲手锯掉了无限可能的美好。迈步越过昔日思维的陷阱，勿让理智输给时间，使旧情长成心中永远的刺。其实，致命、制胜仅一步之遥。明天那么好，且拭今宵泪，抬头望天，星光更澄澈，荷塘月色原来就在窗外。认真生活，继续求光、求好、求幸福……"

曼雯又问："我能做得到吗？"

我笑道："只要你愿意，就没有做不到的。但你得练出山一样坚硬的下颌，弯弯如水不仅是迷人的眼波，更是柔韧的人生态度。把挫折遗憾视为人间必须上下的坡，把知性优雅，人文关怀的温柔，绽放在自己的春夏秋冬。记住，婚姻爱情在当代只是人生的一个部分，而不是全部。"

话音落地，她跑过来，热烈地拥抱我，亲吻我，口里说："谢谢你使我情感天空明朗，从此不再有乌云，我将永远爱你！"

/人到中年/

一

黄昏来临，朋友们先后离开，阿姨收拾着杯盏。我留恋着冬日的夕阳，由它温暖地趴在我的腿上、靴子上。

杯盏碰磕水槽，我想残茶可以倒掉，可是刚才被朋友们抛下的话题却余音缭绕心头、响在耳边，倒不了、挥不去、丢不开，叫你不得不用心思考。

是啊！曾几何时那为人羡慕、倾倒、憧憬的中年怎的竟颓然打了五六折，并不时朝贬义词方向靠近了呢？

我云里雾里地佯作骑在驴上，还原出"鸟宿池边树，僧推月下门"，可是怎么也没有推敲出千百年来那些加冕给中年的溢美——年富力强、春秋鼎盛、学识渊博、阅人无数、战功赫赫、成就伟业、呼风唤雨……哪个不是中年？

成熟伟岸、马踏黄河、鞭打山川、横槊赋诗、朝发白帝、"三吏三别"、《长恨歌》、《琵琶行》……流传千古的，哪个又不是中年?

可叹时过境迁，往昔的呢喃燕已还不了旧巢，祖宗当年的雄才大略安慰不了"互联网+"时代的中年委顿。如今个人的中年危机、公司的中年危机，如职场瓶颈、发展天花板、企业暮气、亚健康、无创意、无新意、团队堕怠、资金断裂……似乎不用鼠标便自动把一切覆盖掉了。

二

我半梦半醒地听着大家一个个熟人圈、虚拟群里的鲜活故事。本欲站在对立面与之争辩，然而，不知是词穷，还是底气不足，终于哑然无语。

我不甘心地寻味、咀嚼、考量：人生如白驹过隙，纵然有百岁长寿，也不过三万六千五百日。何况人们大都清醒地活到七八十就不错，那么掐头去尾，四十到六十岁不正当大好年华吗？

眼看着自幼儿至大学、硕博，一路过关斩将，好不容易即将见到滚滚稻浪与白茫茫的棉田和阳光争辉、丰收在望了……谁能料蝗灾、冰雹或连日暴雨？海边网箱、滩涂池里养殖了多月的珠贝、贵重鱼儿却突遭台风？人或公司成长至中年，正期盼丰收，不想竟打了水漂，化为乌有。

且不说在这行行无门槛的今天，其竞争的惨烈且容你敢有丝毫的慵懒和偷暇？除去社区O2O、到家服务的懒人经济会遇上红杉大佬垂青，而我们普通人就只能期望遇上神的队友、灵魂的伴侣，不要你为车、房、孩子上一流学校催马扬鞭奋蹄，否则哪个敢于贸然"且停"？

这样的幸运是十万百万人难以企及的，不是吗？"范蠡舟偏小，王乔鹤不群"，何况这IT时代，书店只卖成功学、励志书嘛！另外，大家也都崇拜青春，厌弃老年，量化的标准只有一个：商业伦理、文化伦理都让位给资本。和资本决斗、博弈，就算先让你"马、车、炮"，你赢得了吗？

三

中年也有各种好坏的意外，却被冷不防和自以为是给"作"掉了。

其中，如公司来了美女，此人好生了得，在中高层好一番折腾，使众人无心恋战商场，去追蝴蝶，哼着"亲爱的，你慢慢飞，小心前面带刺的玫瑰……"

当然也有盈利模式更新慢了半拍，遭人抢了先机。想当年火爆异常的房地产，也有搁浅、冰冻、断崖的一天。更不说股灾中遇上腰斩，高频交易的"诱多"、"诱空"，使生意周转不灵，难免滑铁卢。

那中年的个人，突逢家庭破洞、婚姻危机，以致从管涌延伸成溃堤。危机中，危大于机。朋友，别去看林林总总的调查数据，只望一眼高考后八月的离婚潮。二十多年的婚姻瞬间崩塌，有的先有预警，有的接到传票才知道。这里不例外的由奋斗到有了资产，便开始了另谋新欢的单方厌倦或相互厌倦。作！唉！同富贵比共患难不易，岂止是越王勾践？中年丧偶，也许不单指死一个那么简单。另外，加上飞来横祸、疾病、仕途搭错线、莫名躺枪……这些是否等于庄稼养殖遭遇风暴、虫灾呢？

在社交媒体无边无涯的当下，一次邂逅、一次诱惑，即使"非诚也扰"。万花筒的魔幻：情、爱、欲皆仿佛依稀，又依稀仿佛。只要搭上物质的船，逆流而上，顺流而下，就算罡风吹来，也万水千山总是"情"了……

四

我常疑惑惊惧，布鲁诺为了捍卫科学、真理不怕火刑。现代人有高科技、自媒体、流媒体，竟应对不了生活和事业中的偶然及常态，一点拨动，大伙儿就有兵临城下、风声鹤唳、造山运动将开始的惊惶。飞机车船一晚点，就感觉所有计划延迟，必导致多米诺效应。那份淡定、沉静与自信，再也修炼不出来了！

看看扎克伯格如此年轻有钱，却娶了并不雪肤花貌的普莉希拉·陈：她曾经流产三胎，终得一女。夫妻决定把财产几乎全捐，感恩神的恩赐，财富观从拥有改为看守。不仅如此，平常的生活和婚礼都很低调，岂能与我们明星们的婚礼炫富相比呢？李安赋闲多年，企图用别的方式谋生，妻子却叫他不要放弃自己的梦想……

在这片土地上，还能否找到一个男或女说："赢了，我同你君临天下；输了，我陪你东山再起；再不行，愿同你耕田织布……"可惜等不到话音落地，灯已灭，只好在黑灯瞎火中，听梧桐更兼细雨。

到此，写的人、读的人心中都不会有诗人遇到玫瑰的浪漫，恋人期盼情人的欢悦，和八大山人出世的真假悠闲。好在指南针发源于神州，定位的罗盘回归本真应该不难吧？若跳脱朱砂痣、蚊子血、各色玫瑰及物欲奢豪，那么灵魂一起唱歌的利他伴侣方会现身。

我轻抚鼻尖上的太阳，继续奔跑在逐梦的路上，更愿意有你同行……

/ 情人节，返璞归真 /

一

早春二月，它一头连着酷寒，一头迎着复生，是旧岁的尾端，又是新年的开始。甜蜜伤感的情人节亦在此时。2 月 14 日，再次不约而至。年轮之花又轻轻一叹，飘落一半……

捻起遗落的花瓣，似抚摸逝去的岁月，独自在花茶、红茶、咖啡间品味摇滚，继而又心痛地将其碾碎，这样会有一点儿轻松、豁达、释然，使生命交响曲可以像圆舞曲、华尔兹般地奏下去。

黄昏来临，露台的大多处已暗下来，唯有几株伸向屋顶的高枝还被阳光照耀着，却终不甘心、不服输，像美人迟暮惊狂着、抖动着，即将消失。

季节串联着变化，串联着日子中大小事件与琐碎，使年华丰满、人生圆润、历史不干瘪。那另一个不可忽略的要领，便是诞生了意义非凡的必需——应纪念的节日。

三个 80 后的客人来访。大家太熟,只需物管、门卫电话通禀,叫阿姨摆好杯盏,在露台接待即可。

大家笑闹后,我随口问:"明天情人节,几位去哪儿玩?"

一个女孩儿说:"玩什么?不是后天就要上班吗?"

另一个说:"下班我们约着看电影。"

男孩儿道:"《单身情歌》找单身者唱!又一个没有情人的情人节,唉……没劲!没意思!"

我讪笑着对他们道:"别挑花眼,小心被剩下。"

女孩儿们又点头又摇头,拍着掌说:"不是,不是,我们总觉得没有合适的。追求者太多的男生会花心,追求者少的男生又魅力不够;太专一又枯燥乏味,太浪漫又不可靠……"

男孩儿则较直白:"我买不起房子、车子,信用保障必然打折。听说没房子,孩子连幼儿园都上不了,哪个女孩儿肯跟你过打游击、租房子的生活?我们公司有个女生已经领了证,还因男方买不起房,分手了……"

话题一旦沾手具体现实就有些沉重,曾经沧海的我自然要拎起水带、水枪灭火,助男孩儿脱困!

二

……

他们披着残存年味儿的晚装走了。热闹的万家灯火笼罩整个城市,橱窗里处处是缤纷斑斓情人节的娇俏,不管它来自火山灰下的庞贝还是阿尔卑斯的冰层,对于国人来说,这个节还算都市、洋派、新鲜、年轻,因此喜庆香甜、艳光四射。然而,它又像一串炸过的鞭炮，短暂、刺鼻、刺眼，却留不下什么。跟同那沉浸在深潭里的现代人伸脖向潭面呼喊，而回应者依旧是深潭般的朋友圈。

是的，找不到合适的，犹如拆快递与逛商场的体验之不同，选情侣何尝不是网络上货比万家？看好评、差评，反正选不出最优。凡到大市场亲选，也许可兴奋一两天，不至一踏进网站，便让好心情迅速打折，感叹原始声响里的喜悦，从此觅不到踪迹。

人们怕背叛，便不敢信忠诚；怕回味苦涩，就拒绝甜蜜；怕看大师表演的喜剧落幕前会流泪，竟然从一开始就捂嘴不敢笑……互联网啊！解构一切，数据一切。似乎所有都直白、明白、苍白、空白，同时又安全网太多，很像现代人不导航就找不着路。

是啊！出户必车，哪有鞋底摩擦地面，提篮扛包，被压的体验与坚实，于是对失败、失恋、失意的恐惧日盛，分享、分担、分工化作计较、计算到3.14159……使所有的幸福稀释到零，只剩下无助挣扎的尖叫。

假若我们的信心勇气返璞归真，爱的力量蓬勃原始，洞明聚散悲喜，不过是与未知相遇，这未知广存无形的天地，人只消顺其来去即可，不必过分防范纠结。假若我们的眼睛能随心态、心量把满地黄叶、绿叶看作黄金、碧玉，将哀乐离合视作风霜雨雪、日光月影之轮换，那么择偶时轻松是不是便会覆盖得失呢？若你不尝试就放弃，焉知风光不远？

让情人节真实到触手可及、转头可见、张口可咬吧！切不要让婚姻做了风险投资，使恩爱沦为错过"号外"的那一个，使珍珠般的好姻缘贬为掉落泥地的玻璃球，即使没能结果，收获满树翠叶小花，也使记忆灿烂。

愿人人都有一段耀色倾城的情人节，铭记！我深深地祝福每一位朋友。

/把黄昏过成早晨/

一

有一种树叶，深秋才红似二月花；有一种树，秋到深深处，才满身尽披黄金甲。不知什么理由，"夕阳无限好，只是近黄昏"这种原可回归精致优雅、逍遥洒脱，同时又能跳出江湖，踢开名利，在充实、兴趣、爱好中过一把有滋有味的生活，享受凤愿，追回想要，可以紧握失而复得的幸福。不管曾经吃过的苦、流过的泪，值也不值，不管破碎的心，深痕几许，坠落在梦里风里的花，数据不了。另外，又因为人生有过坎坷、洼地、悲欢离合的意外，及其各种各样琐碎细节，终算走过了轰轰烈烈，花开花落的一生，不是吗？

应该说，挣扎脱险后就是幸福了。不是常听人们说："唉，我都是过来人！"这句话了。

从不同位置上完好地退下来，仔细玩味。没有双规图圄之苦，也无遭人戳脊梁，朝影子唾骂之哀。体面干净，受人尊敬。

国内游、出境游，轻松自在，不担心出入境时护照被扣、签证遭拒，何其快哉！只是这身体的自由，跟健康、心态、修养、文化、精神、意识、观念及经济状态息息相关。不过任何放之四海的万全之策、有用的模式、定律、真理是不会有的。除去荒唐年代说荒唐。

那些位高权重，行如虎、动如风，随时"指挥若定似萧曹"的大官不说，就是这普通公司、工厂、商城的上班族，每日忙于出差、柴米油盐和孩子，这样的几重奏，何尝不紧张得像迪斯科鼓点？一旦解甲归田，昔日的意气风发、浩浩荡荡、快三慢四忽得归零，当然也有一段不适应，这一丁点不适应能否演变为一段人生乐章的新开头呢？

二

自走出丛林，开始农耕驯养，饥寒温饱缓慢好转，尤其是工业革命推动了生产力的发展，只要没有大规模战争、瘟疫、自然灾害及人为破坏自然生态的事件发生，应该说，大众的生活，还是相对稳定的。

当医学、卫生、营养提高，劳动强度因科技降低，有了物质基础，人们追求长寿，便风风光光地登上了头条。长寿无疑有史以来就被渴望变现。如今五十多六十左右退下来，真的不算老。不过一旦精神垮了，病魔缠身，老起来也是很快的。原因是机能和脏器衰减，那也是不太随人愿的。

即使用晨练、太极、广场舞、保健品也只能延缓衰老。延几年、十年或二十年，终究难逃一老的结果……这里不想着墨过多，去写心态什么的，只想与中年、老年以及青春期的朋友聊聊只要不夭折，就无一例外地会成为坐在摇椅上慢慢变老的现实。请朋友们别嫌我啰嗦，姑且将我所说的当成预警和提醒吧……

如何使长寿变得健康？老龄化不成家庭与社会的负担？自己不让二三代嫌恶？尤其是当你不再能为子女操持家务，帮上一把的时候。又假如，自己因什么意外受伤，或得病，以致卧床不起……

城市父母有社保、退休金、医疗费，因此会好些，只需抽空探望即可。倘若再有一笔财产遗赠后人，这周到的看望频率和礼仪，明面上、道义上还是勉强说得过去的，只是不要被"试听雷达"捕捉到背后的抱怨就好！

至于农村嘛，哪怕儿子一大堆，一旦老人病了，不能为他们做事了，或者是孙辈长大了，不被需要了，那父母的养老治疗，大家的推诿扯皮，不给钱的要赖，面目狰狞的情形……只要睁眼，抬头低头处处可见。

三

先说城镇吧。闻道有先后，这生死黄泉路，何尝不如此？一般阔佬、有钱人养老基本问题不太大。只说这普通阶层，两人不离异的一切尚好。当空巢突现，几十年的同船、同床，一下子小宇宙倾斜，空掉一半，如何是好？是天天抱着电话，向儿女哭诉，还是夜夜泪落空枕？要知道，拥抱孤独，面对寂寞，有微笑贴补空虚，不是人人都能做到的。每个人都是孤儿，也不是所有人都认识得到的。

在养老机制尚不完善的今天，怎么办呢？

记得某城市提出想尝试让职工带薪奉养老人。不想"小荷才露尖尖角"，子女却都怕丢掉位子，动摇自己的小家庭，不愿意了。

说实话，某城市的这种提议，也不具备可操作性，此法流产也在情理之中。再说爱子女、愿牺牲的父母，也不能欣然接受，不是吗？

当假手子女牺牲利益来侍候自己的路走不通，那就只得选择坚强地活好自己，使黄昏过得像清晨，把夕阳提纯为第二春。

如今子女长大了，自己没了负担，重抖起五花马、千金裘的豪情，不怕输的精神，意气风发的意志，将精彩进行到底。老人的生活，应充实，这也是对子女最好的爱，使他们能甩掉还债心理，毫无挂碍，没有负疚上一代的情感缰绳，安心去职场一搏。

父母子女应保持有限的依赖，坚定的独立，亲密有间，人格平等。不要用虚伪的孝道，不堪一击的亲情，自欺欺人地锁困彼此。那是稻草的篱笆，在利害得失的浪涛打来时，瞬间会熔断、烂尾。那机关算尽，少付出，能躲就躲的面具，早已在招架中粉碎！

老人当拓宽自身的空间，建设自己的圈子与人脉，老也要老得志气，逗人爱。

女人要继续明媚、鲜艳、风雅。如卡门七十八岁，依旧艳压群芳，模特生涯不败；苏丝五十岁以后开始尝试新生活：办时装公司、参与空军运输、空中荡秋千、作曲、九十二岁成艳光四射探戈皇后……她的名言是：永远没有太晚的开始，只要你愿意！

男的可以过潇洒、脱俗、很绅士、很贵族情调的生活……总之美丽帅气、智慧修养是不受年龄限制的。

四

要使生活有尊严并舒适，衣着环境要清爽、洁净，食物营养搭配合理。生病有照应，出行有帮扶，洗涤打扫有安排，平常日子不单调乏味，让无聊时光意趣盎然。同时兴致勃勃，把每一天都过得气韵生动，风采多姿。用笑点、兴奋点丰富晚年岁月，让皱纹里嵌的，不是痛苦是慈祥；让白发里闪耀着智慧；老花镜后，有着深邃的阅历和经验；丰富的知识写满脸上、心上……

回到原点，相对不劳驾子女，独立于下一代，该如何走完长征路呢？怎样避免离世了许久，才被邻居报警的悲哀，不再上演或少上演呢？其实自己心理经验的储备也不多，自愿把想法说出来，和朋友们一起探讨。

1. 将传统的空巢叠加，使黄昏恋升格为重组的婚姻。这方式，好不好？仁者见仁，智者见智。美满与否不必大惊小怪，它的组合，跟其他年龄段不二：当一朝明白，两人在一起是一场误会，就重新归零便是了，无须费心绪纠结。所以，这样的养老，未必最好。

2. 搭伴养老。以友情兴趣，二人或多人组合，也许是熟人、邻里、同学，有情谊，有了解，有共通的爱好。或者不失为一种选择。

3. 抱团养老。这类可放大为一定规模：里面有少年时的玩伴、同事、朋友、客户等各类别、各层级、多职业的融合。这样几个人或者十多人的群体养老，可贵的是熟悉、了解和友情，唯独缺失亲情和爱情。因为没有，以及这样的缺失，便少了些说不出口的纷争。此处不是职场，不该有江湖的险恶，自然少掉对利益得失的计较。都明白这个道理，人与人的关系不同，相互的苛责会少许多，多出的是彼此妥协宽容，把该要不该要的领地划清。

既然为养老搭伴抱团，志在用个体的力量和长处温暖大家。大家又帮大家，只需人人都献出一点爱心，相互慰藉，使朦胧的晚年光明些，让这堆照夜空的营火更旺些。当然前提是，人人遵守规则，懂得做人的边界，做事透明，经济公开，同时自觉地修剪掉自私利己，将一切放在阳光下进行。

此外，再适度地安排老年人之间互教才艺，如弹琴、唱歌、跳舞、做菜、编织、书法、朗诵等。在季节合适的时候，组织大家旅游。一般小病可相互看护，临终前相互关怀。如果是这样，既为各自的子女减轻了负担，又降低了社会成本。若有条件还可做些公益慈善活动，关心留守儿童，将生命的点滴化作缕缕阳光，也让花市灯如昼，化作晚年的常态。使人生的冬天不寒冷，纵使有风也和煦如春，在归化途中，有斑斓的色彩。对也不对？和朋友们一起探讨。

/别贪婪/

午后的太阳，似人到中年，眼眸没有灼烫，却持久绵长。树荫下，长廊上，我们紧紧相依。无须太多语言，只一个微笑、一个表情和偶然对视，交流十分顺畅。

鸟鸣声，水流声，使人很享受。不过，我会不时被雀儿碰掉的嫩芽弄得心痛……这时，朋友就拍拍我："别那么林妹妹！落的自落，留的自长。"

在繁华苍翠里，我们各自读喜欢的书：读诗词、汉赋，读魏晋才子趣话，读现代简史……当然，也想从微信里刷出好文章，愿一切都嫣红鹅黄！

我起身站定，金色的风衣轻轻飘摆。阳光在树影间流动，白云舒卷自如。

朋友拉我坐下，就见一位剪纸人过来，问："你们要不要剪影？"

一朋友赶忙挥手，我说："剪纸也是艺术，他们也要生活……"

拿到非驴非马的剪影，大家有些抱怨。我翻开现代史，指着扉页叫二人看，上书："有人篡改历史，有人修饰历史……"

我说："多少历史像雾像云又像风，何苦要为剪影这点小事较真呢？看看开心一笑，不也挺好吗？"

"仔细想来，魏晋时代那些风流的才子们，何尝不是用美丽的谈吐、装出来的洒脱掩盖着私下生活的龌龊？《四库全书》杀了多少文官，不也是为掩盖一个真相？所有真实都像孩童的涕泪，随长大而干掉……

"同友人隔三差五小饮小聚，共享同一种兴趣爱好，在碎片化的宁静里乐以忘忧，品悟《庄子》'嗜欲深者天机浅，嗜欲浅者天机深'的无穷妙趣，岂不美哉！"

大家听了，先一起苦涩，后一起纵笑……笑声把眼下和过去衔接摇晃……

这时不远处有马达轰鸣，有小女孩儿悦耳如风铃的妙音："妈妈，我作业还没写完。走吧，不玩了！"有成年男人的话语："快走吧！我的计划书还没做出来，明早要交！"我们三人也手拉着手，汇入杂沓的人流……

有一段时光，同城市灵魂做伴，聆听城市心跳，亦是曾经拥有——足够，足够！

存在便是信仰。在匆忙追逐不知所踪的当下，得知爱人被挟持到塞浦路斯，不问安全，只问银行卡密码。与之相比，我们其实很富有了不是吗？

贪婪是有罪的……

/ 写在读书日 /

一

在浩渺森森的人际、波澜壮阔的功利、资本角斗的生态圈，你未唱罢我登场。乱哄哄的当下，我应邀参加了一项活动，让我逮住了逃离世俗的机会：这一天，叫"世界读书日"。

我来到会场，望着阴云密布、凉风习习的天气，雨点疏一阵密一阵地落下，心想：国人本就有太多人不读书了，天公不作美的读书活动，过客会驻足参与吗？

图书馆的康女士给我送来两件雨披，应该是送来了友好。与会者、围观者熙熙攘攘，我和几位作家把书摆在各自面前的桌上。

这个时段，一个微笑、一个问好就缩短了没有黏性的陌生。

台上朗诵的诗歌，多属古今中外名篇。崭新的力作，乃大声呼唤环保、生态、自由、和平……孩子们的舞蹈表演，则是由《弟子规》改编……

广场上往来雨雾中的人们，不时问我："这书卖吗？""这书有送吗？"

一位热心的孙先生就赶忙接口："好书！是诗人、作家、心理医生写的，我都买了……"

自然平实，静水流深，使所有浮华喧嚣都退避于此刻。

我有些恍惚，咀嚼这甜美实诚的奖赏，又像穿越VR的环椅、漫步在茉莉芬芳的书香中，感觉着冰山倒映花如火、清泉把沙漠浇成绿洲，迭代了污浊的名利场……

如果说"读书日"丰盈了思想，润泽了心田，那么让我意外在沙滩上捡到的金子，是收获了一份特别的感动——依旧是那位孙先生（后来得知他和她都是残疾人工作机构的好同志）。

只听得他不停地对我和经过的人们介绍这些智障孩子的书法和绘画有多棒；这些字和画能值不少钱；这些植物都是智障孩子种的……又对一个流涎的男青年说："你很乖，快回家把湿衣服换掉，不要感冒了！"他和她都说："我们就是要培养这些孩子尽可能的自立或自食其力，让家长们以后能放心……"说完侧身问我："你是心理医生，能不能请你给智障孩子的家长做些心理辅导，安慰他们的焦虑？"我欣然同意；他满意地笑了。那位女士说："你送了他们书，能不能请他们给智障孩子送些本子和笔……"

在这个只看颜值、拼实力的今天，还有人关心智障者！久违了的柔软、善良、爱心迫使我切换思维，对接眼前的场景。

这一天，时光把文学刻度，把化石诉说的秘密浓缩为人类简史，也把众生的悲喜承载。这一天，也是无数大作家们的生死纪念日。而我们因为文学，才有了聚光器、反光镜、导航仪，人生不迷失。同时做到体量增大、劣势转优势，灰暗的弱势扭生为闪光点，即使不赚钱，也赚回了精神财富，使生命丰满。

二

大作家不仅把思想装进人们的头脑，把情感凝固为无声的音乐、图画和永恒的建筑。纪念日又集合了散落天涯的爱好者，分享文字那意趣无穷的魅力。

本人三大宝贝——思考、写作与执行力，均得益于阅读。尤其在险浪多次将拍翻航船、九死一生的时候，仍能不沉沦地拼尽全力，执着在"山高我为峰"。

巨匠们对人性的剖析使后世明白：宗教、政治、战争同最初源的人伦需求往往密切有关。

知之为知之，有了理性支撑，遭遇洗脑后的盲从悲剧，是不是会少上演一些呢？

荷马、莎士比亚、培根、曹雪芹、叶芝们引领了不同时代的风骚。崇敬他们的臣民一浪高过一浪，绝不会像王侯将相埋没于荒冢乱草。

著作里凝聚的智慧和力量使我们在面临忽云忽雾忽冰雹的危难时，即使看不到尽头，也不至趴下，坚信阳光晴好，满树花开在不远。因为那些字词组合的故事，能改变时间的流速、认知的偏差，同时指导我们：凡事举重若轻，顺境时善待他人，逆境时善待自己。纵使亲情爆炸、友谊翻船、爱情熄灭、职场失意，好坏"蝴蝶效应"皆能稳住心神、压下抱怨，将紊乱的气流化作温热的春风，携手爱好者一同点亮未来，维护心灵家园。

书中有没有黄金屋、颜如玉，我不知道，不过能找出缝合心上裂痕的线不假。

夜灯黄卷品味墨香，可读到智者的教诲、情人般的问候，当然就不会被人生必然的躲不过弄到崩溃石化。

成功的路有两条——精神、物质皆可到达。

我喜欢荷风甘露的情怀、公益，从天地的窗户获悉人文；听天籁，播种爱，收获爱；也懂得要享受幸福的甘美，必须得泪水、汗水浸泡，那是超越、卓越必付的成本……

/ 香花蔬菜 /

一

　　走出书房，便被悄无声息涌过来的芳香包围了、揪住了。那刚刚萌芽的倦意，瞬间荡涤干净！不知是美人不老只有成熟，英雄不死唯有执行的底座过于坚实？反正就这么身不由己，不假思索地坠入香艳碧翠的情网，做了自然神力陷阱的俘虏，当然也渴望有这样的美好定格永恒！

　　辜负了爱与嗅觉的盛宴都是有罪的，对吗？

　　熬过了白昼的喧嚣，夜薄雾轻纱般飘来环绕着我。风儿穿过树梢，轻轻摇扇，低语在花丛枝叶，有时也撩拨一下天边那颗眨巴着眼的小星，继而又返回我的裙角座椅。心想：让这份心安理得的随心所欲延时为更久的享受吧！

　　但愿那乍现的灵光或直觉，一同成长，补白丰富，让时代的英雄美人，不遭浅薄平庸功利的狙击手射杀。

　　但愿不悦、严酷沉入深潭，不要随时漾起涟漪，荡起双桨，前来偷袭我。

灯月交辉，人未寝。幻想固若金汤的意志，压得住挡得了枉然当世的穿越。相信眼前的苟且，除去核桃价值连城的金融属性之外，还有诗、远方和田野。

不回眸过去，不介怀曾经。在成功或不成功的人生中，信马由缰。人四肢的作用，两只脚踩车—— 一车装精神，一车装物质。一手紧握生活，一手勾住理想，孰轻孰重呢？只得相随心生，视情形、视当下而定。

谁叫这蓝色的弹丸，物质太少人太多？人多能创新，更创欲望，不是吗？

拥抱自然，敬畏生命，没有理性复活，良知睁眼，道德由拿枪的法制守护……做不到这些，一切美好能自然天成，岂不怪哉？

二

人性与兽性之别在哪儿？动物无论被诱捕，被逼迫，被驯服，被骑玩，或拼死沙场，都为一口饭、一捆草料……

如果人的眼睛，把钱权利益看得过重，对其他探索爱好皆无兴趣，我们和动物的区别是什么？人性和文明靠什么来彰显？而轰隆隆哗哗哗的声音，终于冲倒了思维屏障，摆起了不喜欢的听觉盛宴。这是立交桥高速路，既五彩斑斓，又单调乏味的华章，唤醒了休眠的意识。啊，我们活在烟火俗世！

夜深如海，凉风浸人，该回卧室歇息了。

不料，一阵似人似鸟，又类虫的声音，从墙角护栏边响起。

惊恐之余细听——原来是一群蔬菜在争吵：

一个娇喘尖细的番茄说："你挪挪身子吧，看你都把我挤扁了。"

一个嗓门洪亮的大番茄说："谁叫你个头矮小，又不红又不大，优胜劣汰，适者生存嘛！"边说边咂嘴唇，咂舌头，哼哼唧唧……

其他番茄正要起哄帮腔，就听得一个不男不女的声音道："哎呀呀！不是我茄子想多嘴，要不是你抢夺了所有的阳光雨露，人家会矮小不红吗？好看不好看，都是被主人送到市场！"

大番茄笑道："死脑筋，谁说咱家主人是卖菜的？别人种我们是为了玩儿！"

茄子抢白道："管那么多，谁大谁先下汤锅。你以为你红你大，你就是文安核桃，金丝楠木，可以炒到天价？"

"你你你！……"大番茄摇晃着笨拙的身体，满脸涨红，急得说不出话来。

听到这儿，我想，原来功利竞争，也绝非人类的专利，连蔬菜这般短命也不能免俗。

正思量间，半空响起鸭公嗓，拿腔怪调地骂道："红番茄，你也太自以为是了！我长得丑，却独特到没有一种菜可与我比苦。长得美是幸事，活得精彩要靠独特和本事。甘为别人让点阳光，自己才有人留路留光照……"

我寻声找去，说话的是苦瓜。只见它摇头晃脑，一副哲学家指点江山的样子。细细品来他的话也有深意。

接着，鸭公嗓又嘟囔道："你傲个啥？人家向日葵那么美，听说还上了名画！被太阳那么宠着，始终微微地低头，一脸虔诚相。即使长得漂亮，人家也没有硝烟四起，处处树敌。要知道旋风蕴藏在静态，最美的花，想遇上最爱于盛开时，谁知那一刻还未到来，那花便凋落了……唉！所以啊，所以……"

慨叹为安静打上了结。含情脉脉的夜啊！你无边无垠，总用大格局承接一切于掌心……

/爱情·婚姻/

一

爱情是什么？属何方神圣？可叫人断魂舍命、儿女情长，英雄气短，甚至还在历史上开启了一场场战争……

鄙人愚见，这不是爱情，是过于强大的占有欲作祟！那什么是爱情呢？首先是冲击视觉、听觉、嗅觉产生的喜欢，就有了初级的、淡紫色的爱。若演变到愈来愈想看、愈想听，搁不下、丢不开、放不了，随时光流转，朝朝暮暮，魂牵梦绕，绵长浓稠化不开，那就是情了。它迷幻心智，使你视茫茫、听惶惶、闻来晕晕。由爱生情，这时候不一定了解、理解，只需人群中多看了你一眼，或者偶然惊鸿一瞥，擦肩而视，不经意再度回眸，得到他（她）一笑，便不理智地一头扎进情感陷阱……不需背景、权力、财富、地位，这阶段初级的爱情是纯粹、干净、美好、清芬的，更准确的它应该叫感觉。

感觉不是物质，难以量化、测试、琢磨，想要抓住、把握、追寻都很难。因此，这一类感觉人人都有过。可是少有成得了气候，修的成正果的。只在心底深深处、千千万结中，有那么一星点儿偶然，使你愁肠百结。

也许正因为它的娇弱、夭折、无法跟进、难以持续，所以给了文学人艺术家无限的空间去想象、玩味、体验，并心碎肠断，演绎出无穷永恒的版本。

记得我十八九岁时，读到莎士比亚的一句话："可以测深浅的爱情是没有价值的。"默念了几遍也没懂。现在想来，觉得自己很可笑。大师就是大师，你一个小丫头焉能懂得！

初级爱情嘛——放上天平轻了些，尺量一下浅了些，丈其厚度薄了些，测其温度低了些……就这么飘飘摇摇，悲愁喜乐，烟波浩渺，像雾像云更像风。莺啼燕啭，袅袅如烟，有痕无迹，唯有敢贴上感觉的标签恰好。若能达到沸点、燃点，一不小心，就有跌进婚姻的可能。一旦踩上红地毯，君子远离庖厨，保持诗意，何其难也！

琐碎的柴米成本，将挤占所有空间，甘美的温婉，含蓄的隽永，娇艳的柔情，轻盈如雪花的感觉，还在原处等你吗？它的丰满圆润，冷艳灵动，全得益于不具体的抽象，离远处不远，离近处不近。对于变现，只能想象。倘若缠上俗物，绕进生活，接了地气，遭存在感定格，便仙气不再。

二

洁白怕尘，玉怕瑕掩，花苞苞蕾蕾经不得风雨，佼佼者易折、易碎，这便是爱情！

不是我自作聪明，说了别人不愿说、不敢说的真话，破坏了千古意识里的虚幻的美好，到底是好爱情让你爱上这世界，还是破爱情让你放弃这疯狂的世界？

也许是太懂或者太不懂！目的是要让人们知道，婚姻与爱情不同，不同就在于重量和分量。挑江山的秤杆子压着沉甸甸的责任和承诺，要想到爱情里不曾有过的许多许多（当然指的是困难和艰辛），不能让一句戏言似的誓言，被轻飘飘的时光带走。

当婚礼进行曲第一个音符，压下最后一个音节的时候。不是伊利亚特讲述的海伦公主肉香引起的战争，也不是纳兰性德的爱人被康熙拿了去的悲催。

我们是普通人，应当明白，爱情等于火柴璀璨的一瞬，迎接我们的是冷峻严酷的日子。想起林徽因晚年被儿女问起："是否被徐志摩刻骨铭心地爱过……"

林说："不是。他爱的不是我，是幻想中永远找不到的完美女人……"

林徽因是何等的冰雪聪明，倘若她接受了徐志摩的爱，肯定很快蜡炬成灰，佳话不再！

我因此彻悟，何以常听得人们感叹：他（她）只能存储于思念，不能做配偶！

是啊，相思酸酸甜甜，让人难忘，又在意识中不断完善，所以最美！更由于折翅太早，永远停留于豆蔻。然而多少人参透了火柴、流星之喻爱情的含义呢？

婚姻是一条一眼望不到头的长廊，一路上坎坷、荆棘、沼泽。要走完它，需太多忍耐、承受和坚持！

　　花要浇灌，诗要酿造，爱情对应着热情、喜悦、甜蜜，婚姻要理性地直面疲累焦灼的现实。另外，还得接应八面来风，使希望与失望不断对冲。

　　让我们致敬夕阳下，欣赏晚秋红叶的伉俪们，有无掌声都不会退场——这才是人间的繁复之美。人间有他们才精彩，他们才是人类传记的支撑……

/法则·奥妙/

大雨冰雹扑灭了夕阳，狂风赶走了黄昏，狼犬们的饭碗也在那一刻被吹得不知所踪，只听得盆花、树叶不停地叹息，雏鸟因树摇而惊惶哀鸣，高速路传来警笛声声……

短短的几十分钟，宇宙仿佛被掀翻了。舒卷的云、彩色的云，忽如"安史之乱""黄巢起义"般地开来……

当人们时常为走歪了、颠覆了、拼搏后梦碎了、不知该如何逆袭的时候，又遇上造物主咆哮着用导弹绝杀，致使苦心营造的大坝溃崩。洪水像脱缰的野马，肆虐田地城镇，祖业新家顷刻颓毁残破。

谁惹恼了上苍，谁有力量造出反导与之抗衡？

我安抚了在电闪巨雷中惊惧的狼犬、雪橇（犬）："别怕，妈妈在这儿呢！"小狼犬这才有恃无恐地，去追逐滚动在地上的冰雹。

两小时后，知了先是怯怯的，继而又高歌猛进了，似乎要抓紧一日里最后的辉煌。

我叫阿姨、侄女及小宝贝,趁早快去收拾浩劫后的花园与露台。

阿姨说:"也许还会下雨的。"

我说:"春江水暖鸭先知,天气晴否蝉最知。"

看着那几大袋断枝残叶,趴下的瓜果辣椒,感慨道:"刚才还风采翩翩,妖娆圆润,不想转瞬便只能堕泥沤作肥了。"

侄女说:"姨妈,你看,丝瓜、南瓜、葡萄、枣子长势那么好,紫荆、三叶梅、夜来香这般香艳夺目,骄傲着她们的风光无限。可是一场短短的狂风暴雨,就将美人春梦化为云,高士秋心飞作蝶了。是不是很像努力后的人生?眼看丰收在望,却意想不到……那努力的意义何在?"

我说:"就淡然直面意外的黑天鹅突降,享受努力实现的过程吧!把期望值看低。你有没有听说,洛克菲勒当初誓言赚十万块钱,活到一百岁,可是他捐建了联合国、芝加哥大学等许多教育机构……开启了富豪搞研究慈善的先河,活到九十八岁,事实上成为盖茨、巴菲特们的楷模。财富与命运的法则是什么?财富圣杯的安放处,不就是让你觅得精神廊道,活出自我吗?

"在苍茫的宇宙,我们都似小蚁微尘,面对大自然变脸,各个都孤立无助。我们能做的,就是扼住贪欲的咽喉,尊重地球,做好自己。大善小善可行,大恶小恶不做。别把世事往坏想。想一想一次次沧海桑田、生物大灭绝,多少亿年才衍化出今日之我们,进而创造出文明,享受到高科技生产力带来的物质丰盛,体验幸福遗憾、成功失败、痛苦甜蜜的流转,以透视眼洞彻完美残缺、水瘦山硬的魅力,要不,VR存在还有什么意义?

　　"心境平和，每株草都是诗；呢哝的虫，都是地球好声音。接纳自己，别太计较得失，把情绪的数轴原点放好，让两边的悲喜平衡，找到圣杯，逃出精神废墟，就自然容易了，不是吗？"

　　最后一朵白蔷薇，两朵紫荆还在微笑。唉！留的自留，去的自去，别问为什么……

/ 日记 /

2016 年 8 月 15 日　　晴

一

门窗紧闭，把遮光布拉上，空调调至二十四五度，仍然热得落泪。

读着读着就倦了，写着写着就累了。思维像是被丝线缠住，灵感去了爪哇国……

我本是个冬天不要热空调，不愿烤炉子的人。宁愿一点轻轻的冷，软软的寒，也不要热感觉。意兴阑珊间蹦出几句话："蝉儿啊，请不要叫喊；云儿啊，遮一遮烈日炎炎；雨儿啊，请降一点甘露，别把多情娇柔的蓉城，当海蜇皮晒干！愿这尺方的和平里，多一点慰安！老天啊，你会不会老眼昏花，错把蓉城当武汉？"

因为热，无法凝聚思绪，也就不能全神贯注将散乱的材料提炼。我想：怎么就不具柬埔寨人一文不名的心态——穷得只剩满身铃儿，依然可以在河里相互泼水，笑若莲花？

羽毛扇能扇出谋略和战役；芭蕉扇可以扇出清凉——能否在热成火炉的蓉城里，扇出"闲敲棋子落灯花"的故事？我的心情正随空调扇叶萌萌地上下摆动，就听得侄女高喊："爬树了！摘柿子了！"

一声号令，我们便纷纷放下手中的工作，下到一楼，换下拖鞋，出得大门，拐向小径翠芳的花园。

小蒋是助理，也是这儿唯一的男丁，搬梯子的劳役，非他莫属。我们一行人浩浩荡荡地走在铺着青石板的窄路，踩上遭大地震（汶川、庐山）弄成的凹凸坑洼，我和阿姨还得随时用手拨开茂密的枝丫，低头前行。小蒋搬着梯子，忽前忽后地走，小宝贝和两只狗狗，屁颠屁颠地跟在后面跑……

回想离开书房那一刻，我还有过刹那的犹豫。看窗外，天蓝得没有一丝云彩，太阳不眨眼的金光灿烂，这阵子到户外，很可能晒得知了脱壳吧？下面的声音在催促，所有人都欢天喜地，自己不下去，必然让大家扫兴煞风景。这可是自从我知道红灯笼、黄灯笼挂满柿子树、柚子树，结的特别好且多，就兴致勃勃地提出："今年我们要自己采摘，不要麻烦物管。"若是随便失信，就不那么好吧？所以，才一咬牙来到树下。

二

侄女和阿姨架好铝合金梯子，我率先垂范，一手拦着树身，一手扒着扶梯，一梯梯爬了几级，叫小宝贝从后面帮我牵起长裙的下摆。人们笑说:"是牵婚纱吗?呵呵!"

树不大,果不少,梯不高,却很稳。就在我指尖和头发触碰到树叶和果子的时候,斑驳的阳光穿过枝丛,洒遍全身。那一缕缕阳光,似绳索——不,更像镶钻的金藤,挂上脖子和耳朵!如项链、如耳环,缠缠绕绕在手腕,如手镯……这另一种感觉,更像和久违的老友交流对话,有些百感交集,因此心跳加速,似乎每根神经末梢都在颤动,血液在血管里,江河般奔流。

我抓住一个柿子,以为轻轻一下,便可将其摘下。但不知是太笨、太不懂技巧,或者干脆就是太 LOW?总之拽啊,拧啊,扯啊,都不行……于是,用求救的声音问大家:"这玩意是不是需用剪子?"大家哄笑。

我有些挂不住,暗下决心:别怕扯痛了果树,今天我说什么也得弄两个下来,别让他们笑我如此不堪!皇天后土,我实现了意愿!下得梯子,让位给小男童,自己则走向柚子树。

柚子树不高且多刺,不用梯子。可喜的柚子树!今年果实丰硕,压弯了枝条。我虔诚地蹲下,捧起一个柚子开心不已。怕刺,不敢玩它上面的果子。然而就这些,已足够圆润丰满我的成就感,使我的虚荣心因彩色而成全。有实实在在的体验与感知,是幸福的!谁能说在没有彩色电影之前,人们的梦也是没有颜色的?

我的许多美梦,都是在绿荫间编织的;那些诗和文章,也是踏着落红,在秋千上构思的。吃过多少自家的水果,可是亲手采摘,今天还是第一回……

三

一个长焦穿越时空，摇滚出童年，在学校种柳树、栽向日葵和蓖麻……父母呵斥，不许我做事，说："你的手是用来读书、写字、弹琴的……"老师吼叫："不学手工、技艺将来吃什么？"……又摇晃出采菊东篱下，悠然见南山的名士，跃然当下……

一串串笑声，拉我回现实：夕阳西沉，又是黄昏。我捡起一地碎花的快乐，一片羽毛的幸福，用此触感，填补了上帝给我生命留下的缝隙，用满树满园的红绿金黄，修复了遗憾，进而使圆满美好无限放大。意外，意外……

我们把照片发给女儿，她和朋友们为我们超尘出世的一下午欢欣鼓舞，为她妈妈对生活的热爱，感动得涕泪横流。是啊！一个人的生活，也可以精致有趣。玩出味道，就坚定了信仰。

我给她的文字是：亲爱的，这里每片叶子，每个果子，每一只虫，每一只鸟，都承载了我儿时的梦，你喜欢吗？

四

回到开着空调的书房，竟然没有感觉出花园与室内的巨大温差。植被原来这么伟大，有它们护卫，地球真的不会被暴晒！我想，假如我不怕划破裙子和手臂，我的战利品还会多些，不是吗？当猿人直立摘野果充饥的时候，谁会为它们搬梯子呢？其实动手是喜悦的，幸福的，也是简单的！我真的由此懂得了。

另一个收获是：更深刻地明白了，自然植物，最好的止血药、止痛药。常与之接触，身上和心上永远有一块绷不坏的地方。唯有如此，是最不虚的真实！这一段时光底片，值得收藏胸中。那海浪般的烦忧，可以停歇了……

/秋日点滴/

骄阳似火，晒穿书房，哪能冰肌无汗？换上新款红高跟，一脚踩住秋天。忽上忽下的气温，犹似过山车的股票，只要沾上钱和利益，和声会变调，佳肴会变酸。

庆幸有花木繁盛，鸟雀鸣叫，只是独少了蝉歌，感觉有点不习惯。谈事儿的走了，上学的也走了，留下了宁静。从时间、空间里泼洒的桂花香，使我一爽，不再慵倦。

将拖延症与堕怠的借口，推给盛夏，应该结束了！上帝这位牧者在催促，生命静水留声，红袖添香，同样月缺花残。

瞧瞧昨日还笑傲树间江湖的金桂、银桂，今日已落满泥地，风采、颜值均不见。能耽搁得起吗？那就咬着牙，左肩挑太阳，月亮扛右肩，砥砺前行吧！

冷不丁望到夕阳、晚霞、云彩同在天际：忽紫、忽红、忽蓝、忽白……风情万种，色彩瑰丽，活力四射，仿佛每根神经都在燃烧的三角恋，于此刻壮观展示！

我们用苹果在露台、在窗外、在花园奔跑……终于让夕阳余晖的热情熄灭，晚霞逃走。想逮的没逮住，只拍到一些形态各异的云，很是遗憾……

谁说自然界的爱就一定能坚守？

走过多少路，方知喜欢哪一段；阅过无数人，才知谁可做朋友。我要的真的不多，这世界孤单的绝不止我一个。把所有的上进都用上，人生还是该有一点高度吧！

又是一年中秋到，苦乐年华，炎凉自知。没蹉跎，还洒脱。夜里哭给星星，黎明又回来微笑。重振山河，作别埋掉苦难的葬礼，使其旋转天地，涅槃为翁郁的常青树。

让文学、美学及我，都像施了光阴的魔法，拥有生动的魅力。秋风同落叶跳着探戈，虫儿敲着边鼓，黄花柔声低和。我握着刀片，在解剖人性前，先行为之篦肤（是手术前用刀片刮掉汗毛），使手术进行得顺些，蒸馏提纯易些，给人间多一点光热。

/ 这样改变周遭 /

下得车来，正值黄昏时分。红裙在风中轻扬，鞋跟敲打地面，满园桂香扑过来拥抱我，心胸因之爽然。谁家音响飘来："为何一转眼，时光飞逝如电？看不清的岁月，抹不去的从前……也许你和我没有谁对谁错……"

是啊！中秋一过，一年就去了大半。犹似万紫千红的青春，繁华争艳的夏花，也都烟云飘散。能看清的，有多少？

本以为，既独立于江湖，又不委身官府、有素交境界的人，当有相当定力了。但不想，连夜读完《大江大海1949》《档案揭秘》，仍无可救药地心潮澎湃——封冻的思想犹如清水断崖与太平洋的巨浪对接，情感像失去了大自然和人世间臂弯的恩宠，波澜壮阔地与潜意识里各种不好说冲碰……在阴阳交错间，感叹着无数感叹，思考着无限思考。问一声苍天：两条平行线，命运何以如此悬殊，落差巨大，来不及回头？亲情、友情、爱情都被战争绞肉机磨碎，满院芳翠眨眼间便凋落水渠，一切斑驳漫漶，朱红不再。从此，爱恨因真事隐去，所有都扭曲变形……

我努力自制自持，诗歌见状，流着泪，轻轻地前来抚慰我："……让老留声机去放那些老唱片吧……"

我想，铅笔削不好，就别写杂文了，调整心态，写写小说吧！

落叶在脚下呻吟，蝼蚁巢穴被踩翻，这一刻，它们是否也以为碾来了履带坦克，遇上了广岛原子弹呢？

它们无奈只得承受，万物之灵长，却不可以老是默然，应当反思其合理性、合法性，并截断众流，不是吗？

情感是一把锋利的刀，愿望是兵不血刃的剑。二者时常将柔韧坚硬，却不均衡的理智割破，所以总给人类带来逃不掉的厄运或幸运。然而个体的人，或整体的民族，是否也逃不了宿命的魔咒呢？怕自己被"为什么"的怪圈困死，历史的死结是对错可以解开的么？

风铃摇动，窗帘卷起，凌晨的明月璀璨如灯。那些挺拔的雄性动物，肩颈肩章的魅力不只是为展示军服而生的吧？不，他们该是为创造、服务、繁衍与爱而生的！走出了丛林，去为个人或集团的利益杀戮同类该永远结束了……

我静静沉思，享受现实的安宁。让我做一名护士，把那些曾经的血污、伤口洗净、包扎。让人间多一些牛顿、瓦特盛装莅临，用能量改变周遭吧！

/ 秋夜沉思 /

一

黄昏来临，我在园中小憩。手捧一杯香茗，赏玩自己的好心情。落霞孤鹜，秋水长天，风给植被解开腰带，任枝叶随性狂舞。

然而高科技使你无处遁逃，她七十五分钟的电话，抱怨，像突降的大雨，将我先前的赤橙黄绿青蓝紫，荡涤冲尽！也许是我还没能禅定到"菩提本无树，何必惹尘埃"的境界，所以内心才有了百转千回的翻腾燃烧。

她是一个被老师嘉许、长辈怜爱、才貌双全、冰雪聪明，且有情怀的女子。上车前，依旧豪情壮志，一心要在学术上有所建树，誓言要做一番事业给大家看的。不想，到北京才二十多天，理想竟被现实捏碎，纷纷扬扬随尘灰落地。

她说得太多，但有两点印象颇深，好似白西装上的红扣子，突兀得叫人难忘。

一点是：父亲被判刑，母亲、姥姥万分无助，自己不得不为房租、柴米油盐及各种起码的生活必需，在读书之余打几份工，维持全家生计。

二是：看到热播的电视剧《永远在路上》……一个贪官的夫人，两胳膊戴满了手镯，剩余的翡翠镯子，用绳子穿了提不动的一大串……她说："这样的贫富落差，让人们怎么能接受得了？她提不动的是翡翠和票子，我们提不动的是苦难贫穷。

假若她们是马云、李彦宏、马化腾或查尔斯王子的太太，也就罢了。可是她们是贪官的夫人，是用公权利弄来的钱啊……

你叫我们不要比，这不是折腰五斗米的问题，而是财富天堂，物质地狱的差别！我的精神修养、自尊的底座，靠什么来堆积、夯实呢？老师啊，我可以箪瓢镂空，但妈妈和姥姥怎么办？什么能够支撑我初衷不改？"贪官和我谁更需要救赎？好人、坏人的边际效应是什么？

下面轮到我困惑了，我该如何教会她直面生活的严峻，用什么方式，去兑现领到的一张缺角的支票？当你被钉在高加索山上，让飞来的鹰啄食你的肝脏，那肝还会长出来……或者坐上了一辆抛锚的车，该如何避险？让她相信，贪官们用欲望垃圾，酿造的苦酒，喝了会麻痹大脑，胡乱作为，不会有好报。给她指明好坏、光明黑暗、穷与富的边界不是金钱划定的。哭哭啼啼的眼睛，看不到星光灿烂、波光花影，人生也像缺角的月亮……我当然知道，空洞的说教，不可能匡正她的情感楼宇。那么，用什么方法，使她继续心驰神往地爱上学术研究呢？

二

搞科研、做学问、教书育人，相对富豪收入偏少，有些甚至如苦行僧一般的活着。然而这些人的精神是富裕的，对自然、民意、学术是敬畏的，对权钱是藐视的，对事业是虔诚的。

假如吸引眼球的官太太、翡翠手镯堆如萝卜白菜，大官们的现金、黄金码成小山，贪官们的忏悔录永远一个版本。

当精神底座松软，灵魂人格可置换黄金屋、颜如玉，又何苦要抱残守缺，忆苦思甜地吟诵《陋室铭》呢？

每个民族都应有左拉、雨果、鲁迅们的引领，不该有太多《红与黑》里的于连木匠小子！70后、80后、90后的年轻人当为我中华中流砥柱。不该因一点挫折便隐遁桃源，更不该因失意于风花雪月，便藏匿于庵观寺庙！

清贫苦寒，可以不坠青云之志。是啊，人性是复杂的，人心是脆弱的。偏向虎山行，不惧粉身碎骨，要去攀崖的毕竟是少数。

我承认，贪官和无良商，模糊了许多青年做人做事的边界，挑战了大家的底线……

作为师长，不能只从旁加油，还要递上甘露，扯开缠住他们眼球的血丝，撩开遮障他们眼目的雾霾，掀起上面的枯叶，使其精神不饥渴，目光触到新绿和充满色彩光热的旭日。不仅如此，还要对缺乏生活经验的他们，给出建设性的建议，使之尽快成长为有用、有力、瞭望世界、勇挑风雨的一代。聪明的他们，一旦懂得人生不是赛场，永远不可以退场，努力挫折永远不会打烊，而希望胜利总蕴藏于冬春接口处，昼的旖旎与夜的黑暗也是孪生。只有找到正确的计算得失方法，眼眸嘴角自会清风明月。身心体系丰盈，竖起桅杆，好风自会鼓帆。那时候，你会体验和领略到时间如诗、苦难如歌。让我们用温婉的仪态，豪放的声音，唱出国家、民族的心声吧！这样的有志者，决不会轻易被外部事物，魅惑左右。切忌扣错第一颗扣子，更不要在短暂的失望中蒙圈。

三

晚风进来，小宇宙继续寥落。我开了庭院灯，花儿依然嫣然。走着走着，头碰到了柚子，旋即猛醒，那有重量的柚子，不也是成熟了才变成金色的吗？不是经历了风霜酷暑才壮硕的吗？不肯扛太阳，不愿担风雪，只好在青少时，一串串坠落化泥腐朽。想到这儿，我轻轻地放下了沉重的焦虑。

"清者自清，浊者自浊"！经不起生活历练、权钱切割，必然消失于大化。

还是打开心扉，接收变调的扣敲。学菜板承受千刀万剐，依旧初心不改地坚守本真吧！

其实，丝丝缕缕的情怀是会融化人间的冰冷的。跳脱暮色、秋色双重苍凉，挽留天空的晴蓝，把阳光给别人，自己也会镶上金边。

其实万古乾坤谁都渺小，一起想想正能量……自阿波罗登月，激励了多少理工男献身宇宙星球的开拓。

景海鹏天命之年，依旧壮志太空使命……

让我们从"宫斗戏"中拔出视角，何愁神州不春红？老了不减对痛苦之美的痴情，对深思、希望的顾盼，不忘用油彩光线温染生活。

人道是，敢于不断尝试、挑战、追求的人，是不会老的，不是吗？所以，觉得自己像一勺糖、一撮盐、一颗胡椒和一碟芥末，使周围因我有了滋味。一品一尝解千愁，从此不做眼泪包。

夜深了，霜降的蓉城，依旧有着暮春的温暖、嫣漫，只是开的花品种不同。我轻轻地想，让自己的心流专注于所好所长，让更多的美好诞生其间。

进屋之前，再次向上苍默祷，让那些干扰孩子们成长的负能量少些，再少些。让我们的子孙，顶天立地，"富贵不能淫，威武不能屈，贫贱不能移"……

一颗大珠悄然落下，我知道那不是李商隐诗中的蜡烛——但弄不清，让人欢喜，让人忧？

/ 盘点 /

晨风晃动窗铃，似稚嫩的童音。几束阳光打来，几声鸟啼，烘托出岁月的静美……唯有微信推送，敲破这悠然、幽静！

对于智商、情商、财商三低的我，到底算不得数码痴呆一族，逃不了，宅不了，终究被回返的圣诞车及留下的贺卡惊醒。哦！岁暮了，该结账了。过去了的时光，是收支平衡，还是负增长？

在切换穿越时，知道账户已经缩水，多少撕心裂肺的美叹，荡气回肠的苦乐，都吵吵嚷嚷溜走。好在五彩斑斓的欺骗、撒谎、背叛、偷窃等各种意外损失，终未将我打倒。而疾病、失意却让我收获了友谊、感动、温暖、鼓舞和支持。

滔滔的热泪里，响起熟悉的声音——"求你了，好好治疗，好好活着，好好写下去；你是我们永远的太阳……知道吗？第一次震撼我的，就是你那蒙娜丽莎般的微笑，但愿这笑永远不要消失……"

正是这装满真诚、疼惜、关爱、敬慕与欣赏的不翻之船，拽我离开生死接口处！于是，有了成长与超越。

众生皆苦，人生有限。该想想如何管理好情绪资产，将有用的支点，激光般聚集于自己所爱的事业。用手中的笔，杀妖斩魔。不要让蚂蚁啃大象、鼠窃、虫蛀之事扰乱心智。

我想：正因为没有"仓廪实，衣食足"，荣辱心、罪耻感落不了地，才需要我们去改造这片土壤的吗？怎么能懈怠呢？

姑且把各种坏与恶等意外，作为一次民风普查，题材采集。对是非的源头是穷或贪，还是酱缸基因，做一次酸涩的探底。至于疾病，那就是淬炼生命了。

假如上天要我有此经历，那就心怀感激地领受吧！承受了，做一次不必物理测试的起跳，使思想、视角更为高寡。这样其实也挺好，不是吗？

感谢先贤投来幽光，让我有仪式感安抚心灵，秉持节操不碎，继续耕种文学这块薄田，企及来年，和同仁们有好的收成。愿我们的笔墨能敲开各色心扉，充氧大脑。既然一生希望、失望均不会打烊，那就把飞来的意想不到，视为任天堂新推的马里奥酷跑游戏，玩玩吧。切莫将宝贵的时间肆意浪费。

阳光装饰了我的手指，我装饰了别人的心。朋友们，能用汗水的地方就不要用泪水，尽管心理代价不能以钱币硬换……积淀了五千年的糟粕、劣根，需一点一滴地清除。

一小点感悟权当给文友们的新年献词，遥祝冬安，来年好运。

/ 感觉 /

一

蓉城的冬天真不算冷，一冬下来，低于零度顶多几天，小小的天府之国，被群山柔水环抱。本就日照偏少，不幸又有工业雾霾新宠加盟，这天便显得越发铅灰了！

好在总有那么多新鲜的、有趣的、雅的、俗的、小众的、大众的新闻故事挤来，想在拥塞、堵心的悲催里，分食一杯羹。

在这点上，我承认自己老了。不屑，厌倦，鄙视，矜持，总牢牢将我缚住，因此要守住晚节。不去名利和垂钓，江湖潜水，在出世入世的接缝处，定要五柳先生一把……不为追逐得失，高冷，只求医疗教育，商业伦理，环境生态，文化生态更加好些，我们就能安宁、安详地拥有桃花源了！

期待的能量是巨大的，它让你荡气回肠，催肝裂胆，以为寒到彻骨；但又在破釜沉舟之后，不舍、不放地回眸天边一抹红，从此肝脑涂地，为这片黄土地成吨地洒汗。在疼痛中轻轻地安慰自己——人类存在已二十万年，有成熟的文字不过五千年，这样的进步已该让上帝感叹、嫉妒了。就姑且，姑且吧。

于是从几分雅致、几分凌乱的暖香屋里，悟到禅机："只要拂去岁月的烟尘，自有'亭前花开落，天上云卷舒'可赏。"

没了万紫千红，任有黄绿青蓝，色彩风情丝毫不减。

二

跨年一封请柬，九城诗歌朗诵会像绚烂的礼花，使凋敝的小众文艺，有了亮眼的符号，响起了岁暮的交响乐。

下午的梦想剧场座无虚席，灯光、音乐及演职人员都属上乘。诗歌作者及赞助商、主办方更是眼光独特，高格调，高品位一族。诗作虚实结合。歌颂、哀叹、焦虑、伤感、悲悯、礼赞与呐喊，异曲同工。

写爱情也绝非索然的风花雪月，恍若绘画光影里，透视了无数深沉与内涵。留白处有许多可供填充。

在少许互动抽奖的断面，我同友人聊到动态画面的字幕，聊到素雅端庄的古琴女郎、装扮时尚的钢琴师，聊到动人的朗诵……

我一面口嚼精品菜肴，一面让心灵在水温适度的营养液里洗个澡。侧过头，对朋友说："我感觉有些人的宋词，总在倚楼啊，闲愁啊，箫管里纠结，读上一会儿就会身心疲倦，写性爱又欲擒故纵，装腔作势，故弄玄虚，属于不敢爱不敢恨之辈。不如雪莱一类诗人，写爱情，立体质感，触手可及，栩栩如生，那么有味道。"

朋友说："是的，读有些宋词，有点骨肉剥离，心灵撕裂的感觉。"

我说："现代好些诗，如正朗诵的，听来大令人快朵颐，心魂荡漾，生死爱恨，都智能机一样可随手触屏……"

说着说着，邻座女士望着我们问："人生可以不要诗，不要远方，对不对？"

我道："对，诗和远方都可以不要，但你不能拒绝近旁的生活。"

"那诗又用处何在？"邻座又问。

答曰："生活很具体，繁复，因其如此，会疲累迟钝，失去光彩，不经意就把日子过成一潭死水！诗可以激发情志，点亮心灵，它是加持你生活的保健品，让你不至于在孩子，票子，房子的奔忙中迷失……"她听了，连连点头。

告别朋友，正值晚高峰，一路堵车，回家时，早已万家灯火。朋友打来电话问："嗨，没吃饭吧，饿不饿？诗能吃饱吗？呵呵。"

我笑道："感觉不错，晚上随便煮几个饺子，喝杯红酒，此时此刻真不饿……"

"是因为对文字感觉挺好，挺喜欢，挺热爱吗？"他说。

他又道："放弃一年几十万不挣，去委身于没有 GDP 的玩意儿，是不是有点 out？"

我在嘲讽中心酸地抱起粉红色的梦想，亲吻道："假如你是我的爱人，这爱也算挫骨扬灰，飞蛾扑火，人间天堂了！梦想真的让人丧魂失魄，刀山火海，不计后果吗？愿我们忠贞不渝，互不辜负。"

　　这时又联想起陶渊明爱菊，李唐世人甚爱牡丹，周敦颐独爱莲。爱文学，同我者何人？愿2017年拉开的恢宏幕布，用时间雕出饱满，彼此成全。

　　夜深了，盛宴里的诗，仿佛美味佳肴，香气回溢。选择住在方寸林园，鸟语花香，加上诗文陪伴，日子踏实、安稳、静好。岁月声声，绵绵无期。

　　头顶星空自律，从容，镇定，读写，做人。力求把幸福与希望绝配的样板间，做得好些，再好些。

/读我/

"读你千遍也不厌倦，读你的感觉像三月……"

"停停停！"一个喜欢咬文嚼字的语文教师慧叫起来。

"哪根筋不对了？扫大伙兴，煞唱歌人的风景。"我说。

"你们有没有想过，为什么要把读你喻为三月？三月其实很冷，虽然绿柳鹅黄，可是许多花儿不也还没开吗？有些连蓓蕾都还没有。春寒料峭还常由着性子发威，客厅坐人还不得不以空调加温。之所以浪漫是不是因为爱美不怕紫斑、不怕以后落下病根的青年人，脱去厚重的冬装，用奇装异服为三月增色点缀的缘故？"

云说："不不不！尽管多半的花都开在三月以后，但毕竟是在三月孕育出来的。所以感觉像三月的比喻还是积极的，至少象征意义大于实际内容。"

我说："请问我们在座的四位，各自读来像几月？"一个说自己像冷秋，一个说像寒冬，一个说无法归类……

我说各位都很了解我，我到底像炎炎七月，还是像寒冬腊月？他们一月一月地评点着，良久，异口同声地说："你像五月！"

我问为什么。慧是高中语文教师，也是我们心理咨询班的同学，她娓娓道来："五月天气比较稳定，既不会冷得让人瑟瑟发抖，也不至热得让人汗流浃背。即使偶尔变天，也不过加一件风衣或外套，温度升高，也一件衬衣或裙装即可。

"五月少有大风大雨，吹吹下下也很快收住，是不是很像你的情绪？在我们十年的交往中，目睹过你因社会上许多为利益饕餮人性的事件雷霆震怒；被亲情友情爱情伤害，心碎欲死；更见过事后的你依旧助人如常，把精神公益、乐善好施进行到底。

"你给别人和朋友的总是阳光灿烂，私下里却把泪水一次次洒向心田。不是吗？交往中，常感受到你不会受权力诱惑，不会为西瓜放弃葡萄！在这不做猎人便只能做猎物的今天，坚守那份情，那份价值观，永葆悲天悯人的情怀，何其难也！……

"五月的风、五月的雨不冷不热，五月的花绚烂夺目却不妖媚。都知道木芙蓉开在秋天，可你家的芙蓉竟会在五月盛放，难道是因为你回来，芙蓉感受到人文的气息，个人的热度？你说你是不是像极了五月！"

我听后细想，五月是节制的、理性的、思辨的、丰满的、优雅而知性的，有时候也热烈、奔放，有时有风、有雨。她没有四月的妩媚，七月的狂傲，九月的俊朗，十二月的严酷……人有一颗五月的心、五月的爱，把好恶爱憎理想融入五月，编织着五月的梦，用一生去为这个梦忙碌，不也是一种精彩、一种幸福吗？

五月如我，我如五月——假如……

/ 别被 WiFi WiFi 了 /

蓉城这所小公园，精美别致，优雅的长廊为我独占，油画般的黄昏迷人万分，可惜盘旋在我耳际的两声男女忧叹，挥之不去，打折了我本无须补白的好心情。

一对为朋友们所艳羡的眷侣，就这样各奔东西了，各自带着遗憾与不舍，然而又互不肯妥协让步——哪怕是一点点！唉，这大抵就是互联网 WiFi 式的恋情吧！

我步出长廊，立在杨柳青青的鱼池边，"月上柳梢头，人约黄昏后"的诗景随之冲进我的脑海。于是，我不由自主地掏出手机，拨给那男孩江："你说你挺爱思思，怎么就不能重新布局生活，在一些问题上做些调整或改变呢？"

他打断我："你指哪些？是物质上的还是经济上的问题？"

我抢白道："她不在乎一般世俗的这些，只要你多陪她，与她交流。这么说吧，假如在手机 WiFi 和思思间做个抉择，二选一，你到底要什么？"

他有些口吃道："我，我……我，两个都要！"

我说："不可能！她已很坚决地说过，每次约会，无论到餐厅或咖啡店，你都急切地问密码。坐下来总自顾自地低头看屏幕，不是刷就是拍，或者转发信息，笑得很欢，仿佛没有她的存在。她说，为此她提醒过、生气过、撒娇过，甚至和你吵闹过，都无效。她说你大概应该是美国电影中愿意娶智能手机做新娘的人。可是手机新娘是数字化的，能同时与八百多个男人恋爱的。她说你也许就只配这样，只能那样……所以，她决定离开你……"

我又说："你难道真的认为虚拟世界的资讯、八卦、段子、图片就重过现实中的恋人，能替代真实的生活吗？"

江说："我觉得这样没啥不好。为什么她就不能像别的女孩那样，以 WiFi 为乐？这是时尚，更是全人类的宠儿！我曾经也想戒掉，我试过不玩智能手机，不刷不拍，可惜做不到。"

他接着说："我要是一会儿见不着手机、看不到微信圈的信息，就像丢魂似的抓狂！请你帮我最后转告思思一句：我是爱她的！只要她不反对我玩手机爱 WiFi，我们结婚是没有任何问题的……"

我明知转达无用，但还是挂断了江的电话，委婉地转达了江的意思。思思却给了我很突兀的回绝："算了吧！在他眼里，除了做爱一样不能用手机代行，其余一切都可以智能化……"

这话没错。科技改变生活，将无处不在。这也是人类进步的福音。然而，不能忘掉，所有机器都是人的工具，操作它的是人。遗憾的是，现在却本末倒置了，使人类的大脑空心化。我们被互联网击穿，被 WiFi 绑架了。致使我们难以从扁平化的海量中，检索出深得我心的需求，读不懂素朴孤高或玲珑露肩的秀美风采，不能咀嚼品味情感春秋。

玩物丧志、丧情、受伤甚至丧命已屡见不鲜。据报道，日本已有 36 个"低头族"摔死于车轮地铁！

何以至此？出国旅游，住宾馆、吃饭先问有无 WiFi，若无，立即要求换地方……仔细想来，我们究竟怕漏掉什么？是不是不能马上跟风，便有失去关注的挫败感和孤独感？为什么忽略身旁的亲情、友情、爱情？为什么会只重视虚拟的点赞或点头之交呢？杨柳倒插可以活，可让工具凌驾于人脑之上，将出现的是难解的混沌不堪的乱码……

你不妨试试关掉手机、电脑一周或半个月，权且当强行戒毒吧。当你重新复出的时候，看看有多少人在关注你，认为非你不可？看看地球是否会因你不在而爆炸停转？假如你有难急需，试试朋友圈的人，有多少愿为你解囊？

醒醒吧，朋友！工具是让人使用的，七情六欲，俗世烟火乃人间正道！人生如白驹过隙，每人都只有一张单程票，切莫按错了开关，将光明变黑暗，遗憾于无花空折枝……

转、拍、发并非特殊的能力，什么才是我们不舍的永恒？

也许，我们更在乎的是一声呼唤、一朵野花、一个眼神、一个昵称、一次拥吻，朋友间的小聚、小酌，电话中的温言软语、反复叮咛的关怀……而不是华服钻石，那些往往只是爱情的幻影、道具。其实，我们需要的就是那么一点点，便能支撑一生……

啊！回到本真吧！莫叫 WiFi 拉宽了爱人和朋友间的距离，使故人亲眷流失，勿让秋寒的人间更添几许冬冷。

/心愿/

读席慕蓉的文章是一种享受，宛如泡一壶龙井或铁观音，可喝出折戟沉沙大江东去，可喝出回肠荡气风花雪月，可喝出四季人生，亦可喝出天人合一的达观通透……

我奇怪，她哪来那么多可供肆意彩绣的绫罗？

近来又读了郁达夫的《迟桂花》，读了沈从文的《边城》，读了诺贝尔文学奖获得者门罗的《逃离》……恍然明白原来那些娴雅，秀美灵动的山光水色，风土人情，小曲流筋，并非席慕蓉处独有！

于是自己便制造机会，仰躺在墨客骚人诗画的溪流上闲漂。有种说不出的逍遥与快乐。好似世纪寻觅中，踏破铁鞋前，让一个通透轻盈的理性，投进了一个妩媚多情的伊人怀抱，从而不愿醒来！

不料，架上一本《驻京办主任》啪的一声落下！恍如两只发情的猫跳到桌上，打翻了牛奶、盛果汁的杯碟，把我异化出来的绸缎布帛，污染了。纵是精工巧手，实难绣出精品！

　　然而，才华不够，情商太低，眼神过弱。上哪儿去捕捉、抓拍想要的景致，书写出华彩辞章呢？在这般复杂躁动的世界，活出凝固的静谧？容我安放一会儿甜蜜的梦？

　　紫罗兰、玫瑰、报春花都冻住了。所有语言都浸透彻骨的寒。岁月滴荡着血泪，眸子也被窃取了圣辉；但是还是得打起精神笔尖沾着它们，打磨出钻石的光泽——哪怕舌根坠着石块！怎么也得超越世俗的城堡，扬弃悲伤的洪流，用心中那双明亮的眼睛和折损的翅膀，努力腾飞，追寻那恒久的光辉，纯净的友情，去一同开凿人类的康庄……

/把酒话励志/

一

他还未走下旋梯，就忙不迭地电话唤我。声音急促、热切、殷勤、亢奋，好似别了一个世纪。

我问："发生什么了，不先看情人？哪有这样厚此薄彼的，不怕被声讨吗？"

他纵声大笑道："想你了，不对吗？你别以为我这年龄层次的男人，还属于离不了女人的那一类！"

我笑道："你不要混淆了我的性别。"

他说："不一样，不一样！你是家人，更是知己！是我们公认顶着露珠的王冠，在朝晖中耀眼的玫瑰，更是吐着火蛇的高烛。有雍容的仪态、闪光的见识，即使落泪也剔透晶莹。疾风暴雨，来得急去得快，有灵动的思辨，善解人意、豁达宽容，属奇女子！集男刚女柔、阳光月华于一身，可严肃地讨论，轻松地海侃，哪怕最不愿视人的疮疤，甚至被扒掉内衣的羞辱，也愿对你倾吐展现。你在我们心中的位置有多重，你懂吗？"

我有些感动。尽管他所言这些我早有觉察，但是亲耳聆听从友人之口直抒胸臆的吐露，别有一番滋味在心头，感觉不一样！朋友嘛，当然还是有瞬间灵犀的！

不待我回答，他便轻声问："今晚就在你家便餐。吃点什么，喝点什么？我顺路带来！"

我对着电话，摇动拳头，努着嘴说："我可没你们北方爷们的酒量，白酒就免了，洋酒我又不习惯……"

他说："就依了你，来几瓶干红吧……"

二

晚餐清淡，只几样荤素和干果。得知他真无甚要事要说，二人就随性清谈起来。

他先感叹了宦海风险，商战的风云无常。我们就自然羡慕起闲散风雅的欧洲人，总是在喝咖啡聊天，轻松地阅读连环画。他问我："最近在读什么书？"

我说："在读毛姆的作品。读毛姆，才知百年前的英国贫民，那时的门诊和住院就免费了。"

我又说："起初我觉得他那些故事婆婆妈妈的、琐碎，以现代人的心智，读起来索然无味。但多读几本，才叹服他给我解剖了人性中一直困惑不解的问题。那些丑恶邪污，使我豁然禅悟到那一面是怎么回事。真有醍醐启迪之妙！

"我又读了冯骥才的纪实文学作品，有些故事使我不忍读下去！

"另外还读了苏童的作品。他的作品深刻剖析了人性的善与恶。"

我告诉他:"我认为人不受教育,得不到温饱,面临天灾、兵荒马乱及瘟疫,同时又没有保障机制来兜底,人将变得多么可怕……难怪非洲人总会冒着葬身鱼腹的危险,偷渡到欧洲,说起来不也就是为了挣脱穷困、落后,去追求安居乐业、幸福美梦的童话吗?幸好我们比老一两代幸运,虽说'人生无处不青山',到底还是有很多人没能挤上新时代的列车。"

说话间,他碰碰我的杯,问道:"你还读了谁的书?有女作家的吗?"

我俏皮地放下杯子,剥着开心果,说:"我还读了池莉的几本书,还看了别人对她的采访。我感慨她出道的早,很幸运,也颇有名气。她写的几本书,大都是改革开放前后小人物们的爱恨情仇。有些见解很独到……"

他问我对作家们的看法,我说:"我把所有作家、诗人、文友,都视为良师。他们烹饪的菜肴,有的麻辣鲜香;有的如罗马人做菜,从菜园里拔来洗洗,不加烹调,就端上餐桌;有的作家的菜,像我们四川人的冒菜,在沸水里一焯,淋上佐料,舀进盘中……反正是林林总总,各有特色。"

他又问:"那你喜欢哪一类作品,或者更偏好哪一类文风?"

我说:"作家嘛,各种思想技法迭出。如将其比喻为帅哥靓女,有的风情万种,有的玉树临风,让你目不暇接。我喜欢各种类型的作品:科幻的,言情的,历史的,写实的,清丽的,浓艳的,朴实的……只要能启迪我的头脑,营养、丰富我的精神,我都喜欢!"

三

"你呢？"我问。

他按灭了烟头，先用指尖敲着桌子，耸着肩，表情似怒目金刚，接着又收回了不合时宜的眼神，说："我就只读些励志的书、成功人士的传记，以为这样能借鉴复制一点别人的经验和策略，以助公司腾飞。结果，读来读去，什么企业文化、魔鬼训练、请国际大师演讲，都是竹篮打水！没有一种观念能覆盖所有，哪怕把畅销励志书发到人手一册，也一样是良苦用心的努力，在员工中遭遇沦陷。"

见他拿起酒瓶，我赶紧蒙住酒杯说："我们自便、随意吧！女士优先，我可不能多喝。且听我说说励志书和成功人士的传记，不能多看的见解。

"这类书多半被篡改、伪造，可信度不高。

"个人愚见，公司也跟人生一样，有成长期、盛年期，最怕过早步入中老年期。很多企业乍看繁花似锦，但一不留神，弹指一挥，就断井颓垣了……

"还是用平常心找准自己的强项，找准了就初心不改，切忌盲目跟风，随意改变。除去别人的某些精神可以借鉴和学习，别的经验路数，皆不可模仿复制。没听说每个人都是唯一吗？弄不好便沦为东施效颦，邯郸学步了！

"凡人凡事都逃不了盛衰兴亡。你若读了老庄，便会明白一二。

"在强手如林的现实，都忙着创新、抄袭、山寨、剽窃、颠覆、打败别人。我想，只要努力了，也与时俱进了，就算迟暮到来得晚些，也算幸运了。

"在职场的事业中，尽可能把兴趣、操守、诚信与社会责任感很好地融合。即使有几分事业上的残缺，不也是一种美吗？

"人也罢，企业也罢，永生不死，哪还有科技改变生活的妙趣？老让百年千年的老店占尽风流号，新生青年、新生事物，哪有机会改变世界、使人类繁荣昌盛呢？因此，我认为生、死、成、败都是伟大的！"

他略带醉意地说："听君一席话，胜读励志书，也许我会从此放得下，放得开了！同高生谈禅，同名士谈心，受益匪浅！有一个通达古今，远见卓识的知己，真是幸运！难怪圈内人都称你为我们中永远的莲花，谢谢你总能旭日般给我们色彩与光热！"

我说："月亮总是用它光明的一面去照人的。我也有哭得泪如汪洋、波涛汹涌，甚至想驾鹤西去的时候。只是未被别人看到罢了！今儿喝多了才一吐为快……

"好在我还有'芙蓉影破归兰桨''秋阴不散霜飞晚，留得残荷听雨声'的癖好和兴趣，所以，还能把唏嘘的段子、黑色的幽默漂染在禽毛翠叶中，使生活变得鲜亮些！

"君不闻'沧海明月珠有泪，蓝田日暖玉生烟'。阵阵花香鸟啼，总算能桃红了时间，油画我生命。于是，我就有呈现给世人金玉光华的我了。"

/ 行行好 /

——劝君莫逼婚

一

一年一度的人类大迁徙——春运，已砥砺将至。一场没有硝烟的玫瑰战争又要打响，逼婚、躲婚、相亲、反相亲，仿佛推磨的驴难以突破半径的转悠。

21世纪第四次工业革命，还上演着"情人节"出处的老剧目。什么都扁平化，没有门槛壁垒的文明时代了，却依然让"成家立业""早生儿子""早打谷子"的旧传统束缚着……于是，违反公序良俗的"租女友""租男友"的怪招频频见诸网络，请问这是我们对下一代的爱吗？人毕竟是高等动物，需要感知和体验，即使心理和生理都成熟了，还得问问情感和精神。另外，还得窃窃地问一声"孔方兄"："我们的条件，行吗？"

假如家长为了和邻家、亲戚、同事攀比：谁谁都领证了，谁谁家的孩子都学会轮滑了……那又怎么样呢？难道为了满足自己的虚荣，证明我的子女不赖，或者就为了满足简单"抱孙子"的愿望，就去催婚、逼婚，不觉可笑吗？

当我们埋怨子女不孝的时候，可曾想到是我们亲手把一缸爱的蜜酒变质为馊饭的？在资讯泛滥、知识爆炸的今天，许多基本的初元还是不变的，为什么沟通残障了？交流不畅了？是理解缺失，共识不到位，致使亲密疏离？是不是观念病态、意识梗阻，使原本的爱裂变为怨恨？

二

家长不要有索债心理，孩子不是来讨债或还债的。他们是上帝恩赐我们的礼物，说俗点儿，也是夫妻开心愉悦的结晶。更不要因孩子不顺自己的心意，就把"白养你……""生你有多难……""养你有多不容易……"挂在嘴边。可知道就这些随口的话，既显示了自己的脆落、无能，更会扯断亲情、血脉。要知道生养他们是我们的责任，等他们长大就应该把择校、择业、择偶及婚配权留给他们吧。要知道，他们是人格独立的人，不是我们的附属。

社会发展，婚姻再也不是必须互相帮衬着才能活下去，那段困窘的岁月已经过去了。科技进步，年龄也不再是困扰生育的问题，何必非要豪夺子女的幸福，强占子女的自由，以搏自身短暂的满足，使其痛苦一身？这不是自私，又能是什么？

你若找不到退休后的动力或乐子，请"委身"向年轻人学习，圈一块地，把认识的与陌生的都拉入朋友圈，把自拍的风景、衣服、饭菜发上去和大家一同分享，使自己过一把发射台的媒体瘾。既打发了空闲，又化解了无聊，谁会说你落伍不时尚呢？

在现代化的今天，可悲的不是口袋不鼓，而是头脑干瘪、内存不大。

三

人就这么一辈子，再长也到不了四万天，孩子的事情孩子办，恋爱、情感、婚姻这类很隐私的事儿，处理权、选择权、决定权就交给他们自己吧。家长可以给些建议，千万不要强行让子女听从。

我们这一代年轻时那么苦，谁来心疼我们？何不多爱自己一点儿？劳神费心地去催逼，闹得鸡犬不宁，放不下又不落好，何苦？何必？

趁夕阳染红林梢，呼朋唤友观黄昏、赏拂晓，黎明吻残照，穿透黑夜看遍人间万事，自然天成该有多好。

人生已经很累，行行好，切莫再给骆驼身上压稻草。

把握光阴，抓紧活在当务之急的每一分钟，将好容易攀顶之后，用于领略天地苍茫。人生有限！松一口气，可以把需要与爱好搬进生活了。从容地用心点燃爱的火，将兴奋轴拉长，使心量气场增大，关注社会热点、沸点，也许就不至于纠结儿女的亲事了。朋友们，对吗？

/ 七夕闲谈 /

一

饭后几个人围桌闲聊，我问："阿姨，你听说过七夕吗？"

"没有。"她说。

"这可是中国人的情人节哦！"我又说。

"不是春天里买玫瑰的，才叫情人节吗？"她说。

"那个节是洋人的，属于舶来品。我们中国的七月七，叫牛郎织女鹊桥会。"我解释。

侄女问："阿姨，你老公去世了，情人节你想他不？"

"想的，想的，他在我心中无可代替！"她回答。

"听说你为他受了不少苦。假如合适，想不想找个老伴陪你散步聊天，打发寂寞？"我问。

"那叫啥话？我永远没有这种想法！他虽然病了几十年，毕竟是我男人，对我也很好，所以无人能代替……"她严肃地说。

侄女道："他再好也已躺进坟墓，可现实中谁和你说话，听你唠叨?"

我也说:"和儿子媳妇相处是有代沟的。"

她说:"什么沟?我咋没看到?"

"这沟是教育、环境、认知、进步与文明,加上落后、无知和年龄挖下的,既深且宽。两代人交流很难,就像你说的,儿子媳妇带你去看电影,你觉得鱼从指间跑了,车从头上压来……吓得绝不敢再上电影院,你说这样怎么沟通?怎么理解?"我说。

"是啊!看电影还要戴眼镜,那里头什么东西都像是摸得到、拿得到的,随时虫子可爬到你身上,怪吓人的!我,我只好闭眼不敢看……"她说。

"然而,你坐在旁边,他二人看到精彩动人处,想亲密地牵手、接吻或弹幕咒骂,你听到、看到,会如何?"我笑问。

她:"我,我,我……"

侄女说:"我公公在婆婆死后不久,就先后找了几位女友,很快选定了六十一岁的女教师,然后就双宿双飞了。尽管我们夫妻放下生意、日夜陪他,却不如那个教师带给他的欢笑多。"

阿姨问:"那女人是为了找饭票吧?我又不需要饭票,我有儿子!"

侄女说:"不!人家两个儿媳妇都是实权派的公务员,他自己就有两套房子,退休工资也不低。当时,我们夫妻都因婆婆尸骨未寒,老人家就找新欢,感情上难以接受,但我们仍然尊重老人的选择。"

二

坐在对面的小宝贝，洋洋得意地喊："我到新浪博客，找到了奶奶的《时间河》了！可以学着朗诵了！"

我们给他鼓掌，也喊道："真行！加十分！"

接着我又切换话题："瞧瞧，这小东西玩手机电脑比他妈强多了！想想你和儿子媳妇一块儿生活，有多少话题可以延伸？偶然聊到乡村的趣闻掌故，还有点儿新鲜。即使无趣，儿子也会耐心，装作在听。媳妇享受回家吃现成，免去家务的繁琐，也会窃喜。可是，日子久了呢？又假如你身体欠安，做不动了，甚至侍候不动他们了……又或者，他们在房奴上，又加当了车奴、孩奴、卡奴呢？那时候，还要拿钱来负担你、照料你，那么你这老妈会否因贬值，不再是宝贵资产了呢？"

阿姨道："我们家训永远不会这样！"

侄女和我对她的自信讽刺地一笑，接着道："可为了爱儿子，减轻他们的心理压力、经济负担，找个老伴过好以后的岁月（不一定结婚），儿子会少些焦虑和担心的。"

"姐姐为什么不找一个？"她问。

"姐姐写作、读书、思考，需要宁静和孤独。实在寂寞了，有公益活动、社会活动、约会朋友、逛街购物、采风作为调剂。"我道。

侄女抢过话头："她和你不一样，境界不同、品味不同、追求不同、经济情况不同，你们不可类比。"

"可我心中，只装得下儿子、老公，再装不进任何人……"她喃喃地说。

"你是觉得夫死再嫁，错不可恕吗？"我奇怪地问。

"对！对！对！"她说。

"这思想应该是几千年前的吧？现在的文明进步，不该束缚女子，应该男女平权。"我感叹。

"男人妻死可以再找，因为他不善料理生活，所以找是合理的。"她说。

"你这是叫他找免费的保姆，不是找爱人！"我几分不悦道。

她说："你们大城市这套我不懂，也不想懂！我思想陈旧，反正我认为女人就该这样活！"

"你这妇联干部是咋当的？那么像离婚这类事儿，你会怎么看？"我问。

"离婚一定是背叛，双方不背叛就不会离婚！"

"那如果是家庭暴力，或只有一方背叛，那另一方是该忍受虐待，慢慢熬呢？还是该选择离婚？"我问。

"那……那，那……"她嗫嚅了半天，"总之，总之……离婚都不好！不对！谁找我说这些，我都反对！"

联想起她平日的言论，我总结性地问："你有没有感觉到，你们那地方陈规陋习太多、观念太落后，文化普遍较低？"

"不啊！不啊！没有规矩就不成方圆！"她反驳道。

不知道为什么，我有些"羡慕"她那死去的丈夫，如此幸运地拥有一个忠贞不变、世俗欲望不可撼动的爱人，甘愿付出奉献。要知道他们结婚四年，那丈夫就因病不能工作。我想试探着弄明白，是什么信念支撑着她无怨无悔。是沉重的家务？残酷的劳作？钝化的感知？是习惯替代了温情？是礼教束缚了爱的情欲？跟少读书有没有关系？难道真的取缔了门槛，幸福就在眼前吗？是否花岗石脑袋、意识的盐碱地或知识的荒野，就不必辨明玫瑰与荆棘了？假如女子们都继续没文化，生育的孩子会否因施肥不当，不结稻麦只长秸秆，于是那一双大而亮的眼睛看不到远处的珍珠，只津津乐道胡须上的那颗饭呢？

由此，我联想到某小县，风光原始绝美，因偏僻闭塞，开发商还未曾看中，一群群艺术家将之视为天堂……于是，当地人吆喝着，上山看穿裙子的女人……那里，会不会是被爱情遗忘的角落？但愿没有猪笼沉潭的悲剧。

/ 爱情同钱走了 /

灯光照明麦克风，都布置妥当，所有评委嘉宾各就各位，主持人梁壮，宣布了今天的三位主宾和要讨论的主题，他说："廖勇和刘莉原本是一对恩爱夫妻。"接着，放了几段视频，有二人牵着贵宾和金毛在草坪上嬉戏的；有开车带狗儿去爬山，男女主人公和狗儿抱在一起，在草坡上打滚的；还有他俩带着狗儿乘飞机去海上划船的……总之，不可谓不温馨不浪漫的，这时镜头戛然而止。

主持人说："现在这一对夫妻已离婚了，你们都不信吧？用廖勇的话说，是为了购买第二套房子，找机会炒卖。因为一对夫妇只能有一套房子，他们不得不出此下策。方法是：离婚时把房产过户给女方刘莉，为了保住原来的财产，升值空间利润共享，和哥们张伦商量好，叫离异的妻子，带着房产假意嫁给哥们张伦，以逃避卖房时额外增值税的加收……想不到，刘莉和张伦居然弄假成真，原本计划等廖勇筹款成功，开始购买第二套房子，妻子便可带着原来的房产与自己复婚。现在因为婚姻变故，廖勇鸡飞蛋打，计划落空。于是找到我们栏目，想请各位评理……"

经过短暂的沉默，接下来三人互骂，相互指责，进而动手拉扯推搡，台上台下一阵大乱，电视台工作人员赶忙上前，将失控的男女按在座位上，不敢松手。廖勇先骂刘莉："不守妇道，不讲信用。我们是为房子假离婚的目的你是清楚的、同意的，你怎么可以独吞房产去改嫁他人。"

刘莉说："你是和我自愿离婚的，房产是协议好归我的。再说这房子也不是你一个人出的钱，我每月也在和你一起还贷，什么假离婚？我们都是通过正规部门，合法办理了离婚手续的，这离婚证还假的了吗？……"

廖勇又骂哥们张伦，不要脸，违反游戏规则，想霸占他的妻子和房子……

张伦说："是你自己把她往外送的，也是你妻子自愿和我结婚的，怎么是我霸占她和房产？我无职无权，又不是属高衙内，你不要乱指责，诬陷毁谤我，小心我要提起诉讼的。她不愿嫁我，我能绑架她不成！"

这时完全急红眼的廖勇，又一次情绪失控，哭喊着："这是我父亲的抚恤金和我妈卖了老宅，筹到的五十五万首付款，给我买的房子。每月的月供，也是我还大头，你们怎么可以这般没有良心讹诈我？张伦，我待你不薄，我们这么多年的同学、朋友，朋友妻不可欺，我家的血汗钱，你就这么忍心吃得下去！"

我第一次参加这类节目，如坐针毡，对这样的哭闹吵骂，很不适应……好在主持人威严地制止了吵闹……他敲着麦克风，请一位美女律师点评这桩糊涂案。众人静下来，只听律师冷冷地说:"根据中华人民共和国新婚姻法,第几条第几款,只要你们合法履行了所有的手续,你们的离婚,和重新结婚,都属合法。"

话音未落,另外一位陈律师,又喊起来:"这个离婚、结婚是不合法,我们可以调查核实。如果情形果如廖勇所言,那是可以撤销的……"

于是,两个律师就开始了唇枪舌剑,接着,嘉宾也一哄而上,有的骂廖勇这个傻瓜活该,想钻法律空子,到头来一无所有……有人骂刘莉,妇人心,门斗钉,算计男人都要遭恶报的……也有人骂张伦,背信弃义,对不起朋友,连出来混迟早是要还的都不懂……主持人又一次止住了大伙的混战,请我做点评,我明知三人都钻法律空子,情感空子,三人都有政府机关合法的证书,法律问题已基本解决,只好从道德、心理、公序良俗、伦理上说几句。因为我深知,这些话在现实利益面前,是苍白无力的,空洞无物的。

还有一位评委,贸然闯进来:"家庭是社会的细胞,婚姻必须稳定,你们不能这样儿戏芸芸……"

我五十步笑百步想,你比我还要苍白,说这些有什么用。别以为我是空穴来风,刘莉的一段话可以佐证:"我同你结婚六年多,享受了什么?人家一百万租个女友回家,只为哄哄他妈,还包机接送。我陪你六年多,就这套破房子,还有脸到电视台来闹,不觉得脸红吗?就这样还指望我和你破镜重圆,做梦吧……"

我听不下去,在散场前几分钟退出。我在停车场遇到了刘莉和张伦,张伦掏车钥匙,发现兜里没有,正纳闷,刘莉说,我去看是否掉在了台上,便快步跑了。

我问张伦："会不会将来你也遭遇婚变，同现在的**廖勇角色互换？**"

张伦很自信，很狡黠地说："她敢，我绝不会像廖勇那么傻，她敢在我这里动歪脑筋，我就玩死她……"

钥匙找到，两人把开车走了。我不知该同情廖勇，还是该诅咒张伦和刘莉，或许三人都该诅咒！他们的车后都留下一缕黑烟，带走了爱情和房子。

房子给多少个家庭带来了离合悲欢？多少孩子因此单亲！原本浪漫、温馨的家庭怎么就命薄如纸！利益轻轻一点，就将其捅破，压垮！这浪漫的叛徒是谁呢？什么是压垮婚姻的最后一根稻草？为一套房子，为七天挣得一百万，竟有上万女子去争抢这个机会，呜呼哀哉。难道金钱真是无所不能，无坚不摧，无往不胜吗？我从车窗向外张望，仿佛刚看过毕加索的画展，仓促间将目光从抽象中拔出，难以适应。大街上走的人，好像个个五官挪移，体歪，肢斜，全盘错位，不是眼睛长在头顶，便是耳朵不对称，口鼻不搭调……现在人真的是不会思考还是不愿思考了？好像整个宇宙除了钱，再也没有需要注目的事物了。人心变了，人形也变了，毕加索提前把人抽象成那样子，是预判、预估、先知了，还是科技文明生产力发达后，遇上经济，人就会变成这样子？

毕加索，你是先知，是你用画在对人类说：变形和变心的人是不配拥有爱情的，所以爱情就走了……人在一生中，再怕婚姻琐碎的人，都有被一个人融化的可能性，然而，房子却现实而残酷地把婚姻和爱情拆得七零八落，留下永远扫不尽的灰尘和垃圾，之后又将其冻结成冰，唉！

/相逢在正月/

一

在犬牙交错龃龉、钢钩利爪抓来的时候，写作、阅读会不会是替自己和别人伤口止血的丸散？一蓑蓑光阴任平生，几多风雨几多情。一份快递，摇来一组长镜头，两个时段。相隔十八年和四十八年的友人，就穿越回来了！

两男士都儒雅风流，学养深厚。别了十八年的，姓任，学贯中西，外语极佳。别了四十八年的，姓腾，自幼热衷诗词，研究汉字、甲骨文、《易经》等。

虽说一别近半个世纪，相忘于江湖。可是落座对视，好像两三天前，才一起聊过、喝过、吃过一样。或许我们均属金刚不坏、月宫桂树刀斧砍不倒，所以岁月筑不了隔离之坝。因此，看淡钱财，白头如新，倾盖如故，还能在这里有华贵明艳的标本。

"这儿真好，宁静安详，树多鸟唱鱼游……出乎我们的想象。"他们说。

"我儿时就梦想，将来有一所带花园的房子，那里四季花开，叶舞风，虫奏乐，是生产故事的好地方……"我说。

腾说："你实现了，佩服，佩服。"

"其实这样的生活，不是所有人都能过的。我们年事已高，方可半忙碌，半清闲；半忧烦，半喜欢；半红尘，半神仙。与友人云卷云舒地喝茶，荡气回肠地吃饭。红樱桃、绿芭蕉也就那么回事，可陶醉霓虹绚烂的年轻人，哪能有福消受？几秒钟不看朋友圈，存在感就不在。我嘛，也乃时人不知愚心烦，难于偷闲学少年，哈哈！"

我剪刀手一指，切换话题问："今天你们得交代一下别后的生活，流走的几十年里，有没有想起过我。同在一座城，为什么没找过我？难道真所谓'发财不见面，背时大团圆'吗？"

二

分别十八年的任说："你离开医院太匆忙，我们忙于工作和生计。也曾想和夫人带着孩子来看你，可是……现在我已闲居家中，读书，研究学问，也管点小区的闲事。女儿已高三，夫人还在上班，来往的基本都是老友。也一直想找你，苦于我认识你的下属不多，打探无望……一个偶然，见新搬来一户邻居，仿佛在你办公室见过一次，不敢确定……终于有一天，领着女儿上前拦住那人问是不是认识你。

"她说：'当然认识，只因我公公痴呆，婆婆终年肺气肿，爱人腿不好，自己也出不了门，没时间去看望李院长……'

"我问她：'你有她的联系方式吗？'

"你下属说：'我们刚搬了家，等有空去找找。'不想一拖就过去这么多年。后来，在你催问谁要送你书的时候，她方才急着把你的电话告诉了我。"

我冷笑道："我以为你跟别人一样，忙着赚钱，重财轻友，把老朋友忘了。"

他听后，语气温和如从前，道："我这人一生与赚钱无缘，平视权力和财富，对美貌看骨不看皮，你是知道的吧！"我笑着点点头。

午后三点，多日不见的太阳出来了，透过玻璃幕墙，仿佛厅里的花、树都裹上了光滑柔软的天鹅绒，有了暖融融的亮色。我从扶手上抬起有点痛的手肘，指指他，未及开口。

四十八年的朋友腾轻声问："我可以抽一支烟吗？"

我微笑点头："可以。"

阿姨拿来烟缸，我想，记忆中的他是不抽烟的。又一想，时光荏苒，有生活鞭子的抽打，什么都是可变的。那时我们多年轻，茫茫人海，沧桑岁月，不变的是我们彼此还记得，已属稀缺可贵了……

<h2 style="text-align:center">三</h2>

他熄灭了烟蒂，依旧用温热的声音说："我们去看看你的居室吧。"

我提起小包，他俩和阿姨端着茶杯，随我上到三楼。

我说："二楼是娃娃们或客人住的，三楼唯我独享：卧室、书房、休闲厅。"

他们一阵啧啧，我便提议到露台闲坐喝茶。海棠、杜鹃、茶花、月季如火如荼地开着，露出情人般的媚笑。目力所及，到处是鸟飞；耳孔张开，满树是雀儿歌唱。

二人慨曰："妙哉，此处视野开阔，空气阳光皆好。夜晚观天，一定星月清朗，真是读书、写作、画画的好地方。"

老友任问："你常在这儿看书吗？"

我说："不，我常在太阳不晒、风不大的时节，在此待客。有时同友人在此伴星月饮酒，也在灯月交辉时谈天说地。"

"不说这个，你还没汇报几十年里，你都做了些什么，为何不曾找过我？"我愠怒地说。

腾收敛了笑容，淡然道："好久不见，伤心事今儿就不提了，扼要讲讲吧。……我一直坚持写诗歌。'文革'时，下乡当知青我选了一个四川偏远的穷山区，不过还可以吃米，就满足地在那儿落户了。"

我问："那里艰苦吗？"

他说："这还用说吗——好在我遇上了一个出身不好，却冰雪聪明、嗜书如命的姑娘。我们弄来一堆干草，铺在地上，搞来一张破席。不用登记，不用请客，就算结婚了！"

我说："这姑娘贤达、能干，我早有所闻，只是不知她就是你的妻子。想来遇上她，你会很幸福吧？"

"是的，"他说，"要不是她，我不死也会疯掉！"

"那么你们最苦最难体现在哪儿呢？"我问。

他说："那时最苦最累的活儿，是上山砍柴。一周一次，来回八十里，用披星戴月这个词，一点不夸张。没有柴烧，你总不能吃生的吧，所以我觉得这是最苦的。"

我说："既然周围都是大山，为啥要到八十里外去砍柴呢？"

他说："因为周围进出的树早已被砍光。贫穷的地方，贫穷的人，总是拼命掠夺大自然。那些辫子草都被烧完了，只好到深山更深处，去找寻可烧的干树枝了。"

"一路上渴了，饿了，怎么办？"我又问。

他说："早上捏一个饭团，运气好，向农民要一点豆豉或腌菜，夹在饭团里，渴了到处都有山泉。"

"你们那时感觉得到，清泉石上叮咚的风景之美吗？"我笑问。

"那时候糊口蔽体都那么艰难，每日种田累得跟牛一样，什么风景都映不到眼帘。"他悠然地说。

四

"你年纪小、结婚早，儿子咋跟我儿子一样大呢？"

他眉头紧蹙，胸膛起伏，又抽了一支烟，平静地说："穷嘛，哪敢要孩子？因为出身不好，我和妻子回城无望；1975年，有关系的人都陆续走了。我是因为两村争水打架，我被邻村的人打得眼看就要死了……经过抢救，老中医调养大半年才好转。农民们怕背上一个无力劳动的伤残者，因祸得福，我们才有回到成都的希望！"

他说起往事，语调平和，云淡风轻，似短笛弄柳，然而我却听出那记忆中的苦涩。土坯屋，茅草顶，星光、月光、阳光、雨水、清风都可以自由进出的陋室，地上铺着麦草的家，原始古朴，但毕竟不具备瓦尔登湖的浪漫。草上睡人，草下是跳蚤、老鼠、虱子……

我喝了一口水，轻声问："我一直有个困惑，知青们同居者、结婚者不少。当时都过着七仙女、董永似的生活，相安无事。甚至在我眼里，还纯粹甜美，有着田园牧歌般的真爱。怎么一回城，多半都各奔东西，劳燕分飞了呢？"

他没有说话，只是苦笑了一下。

五

"身处大自然的怀抱，你的诗作一定不少吧？"我问。

他说："倘若粗茶淡饭、温饱不愁，诗，我是一定会写的。当过于劳累，走遍大院，都借不够买一张邮票寄信的八分钱，知青间还为回城钩心斗角，哪还能风花雪月、游龙戏凤、关关雎鸠呢？"

他手指那两盆并排开放的海棠、杜鹃说："山里的野花，比家养的妖艳很多。可我们担水打柴，累得没有心情，也就视而不见了。"

我不依不饶地揪住他问："你们回来以后呢？"

他说："回城，为找职业、找住处，继续挣扎在求生的底层。好容易才到街道工业谋生，我担任了一份化工产品的研发工作，订单不愁，却没有生产资金……"

"那么以后呢？改革开放的契机为什么没有抓住？"我问。

"我们厂所处城市中心，八十年代我也抓了。四处借贷，筹到了五十万元。在那块风水宝地上，建了一所文化娱乐中心，生意兴隆。那时的职工们，满脸都是太阳……后来破产……为此我也几乎崩溃。"

沉默良久，我像自语，又像问他——那时你若来找我，或许我能帮上些忙。

他说："有时候，我这人直面问题时，缺了点市井的精明，多了点儿书生意气。记忆的硬盘里，只有你的弱小、骄矜、唱歌好听、爱读书、很天真的形象，和后来你的成功、名气、辉煌难以对接。两相对比，就不愿向老友诉苦和求助了。不过我有一个信念，每当遇见认识你的熟人或朋友，无论别人把你吹得多神，我只说我确信她骨子里永远是一个诗人。事实证明我是对的！"

我道："现在你们过得很好吧？"

他说："我觉得对不起我的儿子，他聪明帅气，毕业于名校法律系。门路不对，钱太少，因此考不上律师……多少漂亮的女生主动追他，我们都不敢接招，只能退而求其次，选了个毕业于三本的孔雀女。现在孙儿已经两岁半，三代人住在七十平方米的房子里，也还其乐融融。孩子睡了，我和老伴都各自读书，过着往来无白丁的生活。我常和流沙河一类的老诗人、老作家一起研究诗词和汉字，我们不曾有过画栋雕梁，也就不在乎陋室清贫了。"

六

送走了他们，我独坐书房发呆，不是他们的故事有什么特别，而是出现在熟人故交身上，便有了说不清的感觉。其实我的遭遇和磨难，以及精神上的摧残，说出来绝对是重量级的。唉，又何必要说呢？

假如他们是镜子，就用光的作用，映射和搜找自己的弱点和缺憾。人生自古谁无痛，痛后要清醒，如何调整、抗打击、反脆弱，让自己不断的提升。之所以时空对我们没有阻隔，除去有共同的热爱，看重友情，更重要的是，都有崇敬梅兰竹菊的风格。纵然身处金玉谷，也不至于被情花毒和钞票撂倒。

我常劝别人，钱、色、名你不可以通吃，有其一二算幸运，如果全有，往往会不幸或者夭折。腾是清贫的，可是有一个能一生聊下去的爱人，令我们都羡慕。任年已古稀，女儿还在高三，妻子年轻貌美，对他崇拜有加，也是幸福的。

阅读擦去了精神的污垢，对比减轻了伤口的疼痛，不计较省去了得失的烦恼，努力献身丰盈了内心，使愤怒蜕变为温情。琳娜台风，春风化雨；酷暑烈日，收敛为洒满金碧、嫣曼万物的日光。

既然要风骨，就不去羡慕、嫉妒世俗的牡丹芍药，安心于屌丝身份吧！

"王谢堂前燕"飞来，能留则留，要走就走，何须为之愁，不是吗？"自古红颜多薄命，自古才子多穷困"。冰心说过："太穷太富，在文学和艺术上，都难有大作为！"是啊，有几个幸运的安迪·沃霍尔、毕加索、罗琳呢？

沉浸于热爱，并愿为之献身，苦并快乐着。幸福的方程式——不计较，不攀比，就不会有黑云压城。好一个老友，用平静的心理图谱，直面密布足够的带宽，打通了任督二脉，哪有陋室豪宅之别？一地树荫，皆为财富。好比荷兰画家笔下的米菲，删减掉所有的泪珠，只留下一滴，便感动了世界。

他并不伟岸，心软如月，肠柔似星，爱中华文化，一生清贫，却治学严谨。在生活的锯切下不知多少次，把苦涩的热泪咽进满腔热血的胸口。那冰冻的砚台，因勤奋者的耕耘，绽出杏花雨、桃花媚。

我想，在自愿委身于文字的时候，有那么多熟悉而陌生的眼睛，默默地注视着、聚焦着、自豪着、骄傲着我，不也是上等的享受吗？

/ 信口自语 /

4月6日上午，我忽然接到小助理打来电话："阿姨，我们的《狗语说梦》登上今日头条了，你那里肯定也有他们发来的链接，我们赶快转发吧……"

在月亮背面幻影的虚光里，文字在阳光里跳舞，正义的声音细如穿过针眼，多少美好被大山劫走……

能有今天，我也是喜悦的，更别说在天涯海角的朋友的祝贺……

其实我早已在纸质书刊上发表过小说、散文、诗歌，自己常用三种文体锤炼笔头、切换情绪与技巧、表达思想和愿望。

写诗的时候，我的心情是化妆的；写散文，只涂点保湿霜；唯有写小说，是素面朝天，把大小爱恨、轻重情仇、家国忧患，放上佐料，重口味地端给读者（那是川味火锅）。

这篇小说的原始稿，在四季歌等网站上发过。然而，能上今日头条等许多媒体，还是给了我一帖安慰剂。

当然，原因很多。此时此刻，我好像骑着骏马，喊着"驾，驾，驾"，挥动长鞭，抖开丝绢，袖管里一路撒播悲悯、同情、良知，给被侮辱、被损害的不幸者一点告慰。

与此同时，我更像是抱住了一个顶天立地的男人，用狮吼、狼嚎、虎啸、龙吟，撕心裂肺地哭！哭出铮铮铁汉的硬，风拂花瓣的软，月华照君的润，使收纳太久太多的凄怆，有处释放。再用我流盼的眼波，融化雪山，融化受伤者、冷漠者哀死、冰冻的心。

云凄凄燕子天涯，草荣枯一度度年华。人生都乃千山过客、光柱里的微尘，但是活着的意义就要把积攒了一肚子的话、一胸腔的情，在起伏的波幅里播放，秒回、缓回都不重要。

固然一声唢呐，要么上轿，要么入土。翻开大自然的日历，解析领悟了什么叫"够"。所以有一种理论：所有污染的源头，都源于精神污染与心理贫穷。信手拈来的碎片化知识，好似什么都懂，实际上大脑却愈加贫乏！假如兴趣多元，思想高远，不专注孔方兄，也许我们文化劣根中攫取欲会少些，大家能走出权势和财富，使自己降为仓储管理员。那么，狗语说的梦便是美丽的童话了。借用朋友的书评，作为文章的结尾，"如果说梵高的《向日葵》是用绘画语言表达的诗意，李芳洲的《灵魂的香味》就是用诗歌语言泼墨的油画"。

最后，请允许我再次感恩，眷顾、照应和教诲我的文友、诗友们。

唉！德也！格也！志也！

/ 午后闲想 /

一

我的脚踏着每一片落黄，它们是色彩的精灵，有着无限可能与光热，来春就开在此刻落叶躺过的地方。日月精华给我们普惠，雨露霜雪育成万物筋骨，性格乖戾、恶搞的风带来好坏意外。使平静的心海有波澜，更有巨浪。在每一个夕阳西沉的时段，它也凭栏斜倚，同我一起张望远方，那里是 WiFi 刚刚铺设的公路，是文明进步的出口，容胭脂色、晨曦，自由进退。

我们用数千年集聚的呐喊，奏响渴求，定会在理想苦旅爆炸时盛放。屏幕闪烁，拉我返回世俗世界。我以为，只要精神正常，绝不会把亚述王剥皮火刑，中世纪的精神钳制虐杀，汉皇们的剐刑、车裂、宫刑、凌迟、把活人切为颗粒的恐怖……遗忘在乌云深深处。

尽管资讯泛滥，商业忽悠，十面埋伏，谁也无法逃遁。然而，我们终究愿意挣脱历史的桎梏。

二

看到 IT 大佬们互黑、数据造假……仿佛从浮动的暗香，嗅出一缕带色彩、温度的亮光。是啊，"水可载舟，亦可覆舟"，试错的代价是昂贵的！

由此，我想到一些心理学家的调查统计。当初的恋爱者相互吸引的优点，即美、帅、聪明、能力……不知怎的竟会演变为二人分手的理由。不要以为这样的类比可笑，展开想象吧！数据使你成功，何尝又不是使你败下擂台的要诀？

S 说："我不在乎投票，只在乎计票。"哈哈，这老爷子何等高明！然而每一寸土地铺满尸体，用它换来的江山，当信风吹来，封冻在厚冰层下的虚假，终难支撑摩天楼……原来它经不起力的作用，像一方沙洲，水流一冲，镂空的美幻会猝然消失。可惜——"我们祖国多么辽阔广大，她有无数田野和森林，我们没有见过别的国家可以这样自由呼吸……"

风铃脆响，小鸟啄菜。这样的和平宁静使我联想起国外的一处著名景点，倒映一池水里的景致，美妙绝伦……可是，只需一丝微风，美景便碎裂不再……

当然，这样的设置，有哲理的提示，所以叫我们做人做事，一要踏实，二不要轻信于任何意识，三不可迷醉物质。

人生苦短，我们还是手拿书本导航器，强大精神，完善心智，永远拥趸知识的真理，卓尔不群地独立思考——看，朱诺探测器告诉我们，木星的光环，乃尘埃构成。

月月桂的芬芳给了我物理享受；凋零的芍药、蔷薇都是真实的。

它们用荣枯警醒我不要遭遇诱惑，或洗脑；莫信冬天里会找出春天的影子……

于是，我睁着带泪的眼睛，笑对当下的井喷。有知识的圣光照耀，等待燕子携来柳絮的新春。有了积极的暗示，我们是否就会没入艳阳的花海呢？

/重新解读四月天/

一

在四月的最后写四月天，有些好笑，有些风趣。蓉城的早春是始于二月的，那是料峭的、阴冷的，但却有很多草一样的短生植物，急切地、冲动地、慌不择路地钻出土地，绒绒地红绿着。而真正的四月天，应该是林徽因笔下温热、绵软、美好、俏丽、顽皮而多情的，花红似火、草绿如毯的。

可是细细体验，蓉城这样的四月也是多变的、无理取闹的、反复无常的、随意使性子的。我们姑且将他们誉为小鲜肉，自以为颜值高，小美女娇艳地傲，更像当下的爱情，忠诚似傻瓜，友谊的船说翻就翻，无须理由！

你看，本来还阳光和煦、群芳争艳，转瞬又一连几天的雨下不停。如果这雨像绣针、细丝或牛毛倒也罢了，不通情理的是竟会在四月下起六月的大雨，刮起秋冬的风，使那些红樱桃，青枇杷，小毛桃坠落一地。至于新绿如幼儿手指的落叶，就更不在话下了。

四月更像恶作剧的男孩，任性妄为地玩笑你、捉弄你，没商量！管你是否调整好衣着、被褥，他可忽的升至 31℃，低至 5℃，使你上车外出，便有不适的中暑或感冒的生理反应。

从喧嚣的会场回来，我会习惯性地静默，呆坐一会儿，风铃清脆地漾起心中的涟漪。园中的花依旧互不肯输地开着，桃杏李橘争先恐后地结着，优胜劣汰，自然有其规律。那些经得起风雨、暴晒的，既不让须眉，也不让巾帼的，是否像秦太后芈月？那落了的，未必不是赢在起跑线上，输在中途的王孙公主、名媛、富帅……

偶遇老友、老同事、老部下，聊起当年那些不可一世的亿万富翁们，如今安在哉？他们或因闯祸，或因资不抵债、经营不善、遭后浪推挤，已经死在沙滩上了。他们也许就是四月里的落花、落果吧！

二

那真正的、应该的、理想中的四月天，是什么样子呢？四月其实和别的月份一样，阴晴不定。它的冷暖，像河流，因窄而湍急惊涛，因宽而平和舒缓，似《如歌的行板》。它是上苍滴淌人间的一个梦，里面有万紫千红的路，精彩光耀的位置，月上柳梢下的爱情，奏响地久天长的友谊……

而四月是时间给我们的礼物和祝福：冰消雪融，流到哪，就是生命的河水，花开到哪，都蹦跳如娃、热闹如诗。

就连蛛丝结网一般还贷、置办蜗居、喝青菜汤的苦历者，都是花好月圆的恩爱。当然到底搬砖，还是抱留在老家的孩子，孰轻孰重？与四月天不搭调，也就无法标配了。

四月天所以为人们宠爱，大抵有才貌双全的林徽因加盟，所以这美好便有了更温婉、细腻、隽永的注脚。她真实不虚幻，不像杨柳如烟，仅存依依。

历史的四月天有过多少悲喜剧上演？其中有几位文学巨星的陨落，唤起全民阅读，他们都是经得起岁月冲刷，沉积下来、比金钻昂贵的作家；有那颠覆了人类生活，完成多级科学技术跳跃的苹果，也诞生在四月；还有福特汽车搬上流水线生产，改变了人类的出行，也在四月天……撑得起一顶顶余晖的，无不是扎实、壮宏的，经得起残酷的打磨、切割、搓锯的，宛如刚刚收官的电视剧《人民的名义》里面的老戏骨，用功底、良知去感动不同年龄段的追剧者，以演技、故事冲击、震荡人们的视觉波、心脏监视器。

好花、好书、好酒、好茶都是需要钱的，倘若取之无道，是否会如落花、落果一样的落马呢？

不输在起跑线，未必保得住晚节。不懂在财权上急流勇退，难免在采摘前坠泥腐掉。人在旅途，要历数多少个四月，里面住着不老的春梦，等着九月收获红豆。

我们沐浴朝阳晚霞，把长青的希望与情歌，收藏在白云深深处。这时候，一阵噼啪扑向大地，又是泼悍、放纵的大雨，跟六月雨不二地随狂风砸来，打得树枝哼哼萧萧，打在颈肩，使你瑟瑟，躲之不及。

在你举步前行的每个时刻，都得承受季节的捶敲——即使是四月天。想象手上人生的戏本怎么拿得稳？活着要坚守渺茫如引力波的遥不可及、活出自己真的很难！不但风险大、成本高，且仿佛扛着沉重的维纳斯雕像，快步、信步地走在时间里。

　　我轻轻地推上窗户，聆听四月雨撒野、撒欢。又一想，这雨不恰似我种在云朵里的温柔，使干枯的情感滋润后嚼出彻悟后的甜蜜……